# 驚訝程度100%！

## 你沒聽過的

# 歷史真相

八仙是民間所喜愛的仙人。
「八仙過海，各顯神通」這個成語家喻戶曉。
八仙的神話傳說又是怎樣演變的呢？
然而歷史上，是否真有其人其事？
或者根本就是「街談巷議」的「小說家」所造？

國家圖館出版品預行編目資料

驚訝程度100%！你沒聽過的歷史真相！ / 張家華編著.
-- 初版.-- 新北市：智學堂文化，民103.07
面； 公分. -- (經典系列；11)
ISBN 978-986-5819-35-4(平裝)
856.9 103010481

經典系列：11

# 驚訝程度100%！你沒聽過的歷史真相！

編　　著 ── 張家華
出 版 者 ── 智學堂文化事業有限公司
執行編輯 ── 林美玲
美術編輯 ── 蕭佩玲
地　　址 ── 22103　新北市汐止區大同路三段一百九十四號九樓之一
　　　　　　TEL　（02）8647-3663
　　　　　　FAX　（02）8647-3660

總 經 銷 ── 永續圖書有限公司
劃撥帳號 ── 18669219
出 版 日 ── 2014年07月

法律顧問 ── 方圓法律事務所　涂成樞律師
cvs 代理 ── 美璟文化有限公司
　　　　　　TEL　（02）27239968
　　　　　　FAX　（02）27239668

# 第一章
# 文化謎團悖案
## 盡信書則不如無書，豈知歷史也有真假

孔子出生案：「夢生」還是「野合」　　　　　008

鍾馗：真面目到底為何　　　　　　　　　014

大書法家：王羲之身歸何處　　　　　　　019

「八仙過海」：是否是社會映射　　　　　023

錯綜複雜的西傳經過：印刷術如何向西傳播　029

王羲之作品的《蘭亭序》：是天下第一虛書嗎　035

花木蘭：千古巾幗英雄的原籍　　　　　　041

梁山伯與祝英台葬處案：兩人合葬於何處　047

水陸法會奠定了取經路：《西遊記》之謎　052

精忠報國：岳母刺字是真的嗎　　　　　　058

杭州「八卦田」：是南宋籍田還是郊壇　　063

紙幣「會子」：始於南宋還是北宋　　　　069

陸遊與唐婉：裙帶關係之謎　　　　　　　074

抬棺上疏：海瑞為何沒有被嘉靖所殺　　078

夢在落櫻繽紛處：「桃花源」身在何處　082

古代棉紡車之謎：究竟有無五錠棉紡車　087

對鏡貼花黃：銅鏡開始使用的時間　　　092

中國古玻璃「身世」之謎：是否舶來品　098

# 第二章
## 詩書曲畫疑案
### 筆墨下不只是風情，還有諸多玄機

《山海經》：先秦古籍謎中謎　　　　　　　　　　106

長沙楚墓帛畫：其畫中的婦人形象是誰　　　　　　112

《胡笳十八拍》：作者究竟是誰　　　　　　　　　116

諸葛亮：有沒有寫過《後出師表》　　　　　　　　120

岳飛：是否真的創作過滿江紅　　　　　　　　　　126

《蘭亭序》失蹤案：「行書第一帖」下落成謎　　　132

丹丹烏里克千年古畫疑案　　　　　　　　　　　　138

李煜：責令畫《韓熙載夜宴圖》的目的為何　　　　143

李淳風：語言奇書《推背圖》　　　　　　　　　　147

張擇端：《清明上河圖》謎團多　　　　　　　　　153

王實甫：《西廂記》寫作疑雲　　　　　　　　　　159

曹雪芹：《紅樓夢》一書創作疑案　　　　　　　　164

## 第三章

# 文人墨客祕案

## 「真名士自風流」背後的真相

千古之謎：屈原爲什麼選擇「鬼節」投江　　170

蔡倫之死：中國史上著名的知識份子自殺事件　175

塵封的歷史：畢昇有太多的謎　　181

詩人李商隱：爲什麼說他是牛李黨爭的犧牲品　186

唐代詩仙李白：死因撲朔難定論　　190

詩仙與名妃：李白與楊貴妃到底是什麼關係　195

出入帥府的女校書：薛濤與元稹演繹姐弟戀　199

大儒朱熹：「納尼爲妾」背後的事件真相　　207

名士美人：唐伯虎從未點秋香　　210

滿洲貴族曹寅：曹雪芹祖父的密探身份　　214

龔自珍：風流文人與寡婦的是非　　217

徐志摩：美詩之中留下的謎團　　220

# Chapter 1

## 文化謎團悼案：

### 盡信書則不如無書，豈知歷史也有眞假

# 孔子出生案：
## 「夢生」還是「野合」

　　作為中華文化代表的孔子，其出生一直是千古之謎。千百年來，關心這個問題的人並不少，典籍也留下了一些記載。比如《孔子家語》、《闕里志》、《拾遺記》和《史記》，都保留了一些關於孔子出生的資料。

　　這些資料整體而言可分三類：一是美化粉飾之詞，二是神化了的傳說，三是大致可信不過語焉不詳，但為人們留下了珍貴的線索，是人們破解孔子出生之謎的主要依據。

　　關於孔子的出生情況，現在的史書多是一筆帶過，模糊不清。記載的最為詳細的是王肅涉嫌偽造的《孔子家語》，該書不僅詳細記載了孔子父親叔梁紇的家世，還對他如何向顏氏求婚，如何與顏徵在結合做了繪聲繪色的描述……這顯然屬於美化粉飾之詞。

　　據《孔子家語》載：叔梁紇本為宋國貴族孔父嘉的

後代，只因妻子長得太美麗了，被宋國權臣太宰華督看上，發動政變將孔父嘉和宋殤公殺死，強娶其妻。孔父嘉的兒子木金父為躲避華督家族的迫害，帶領全家逃亡到魯國，所以孔子才成為魯國人。

孔子的父親叔梁紇先娶施氏女，只生了九個女兒。有一位小妾倒是生了個兒子，名曰孟皮，字伯尼，但是跛足。

為了能有個健康的兒子繼承香火，又向顏氏求婚。叔梁紇向顏氏求婚，目標是很明確的，就是為了生個健康的兒子。

婚後不久，徵在即懷孕了，由於求子心切，她還到曲阜郊外的尼丘山去祈禱山川神靈的保佑，保佑她順利生個男孩。果然，十月之後，徵在生下了孔子。為紀念這次祈禱，就為孔子取名為丘，字仲尼。這些記載詳細的可怕，偽造的痕跡比較明顯。

舉例來說，文中說孔子的哥哥孔孟皮字伯尼，則幾乎可以斷定孔子字仲尼與此有關，是排著叫的。而後文有說是為了紀念禱於尼丘山，顯然是由不同的資料雜糅而成。

　　不過，據出土文獻和今人考證，《孔子家語》也是自有淵源，也不能說是全由王肅偽造。即使《家語》真的是傳自先秦的舊典，也改變不了其在孔子出生問題上美化粉飾的事實。

　　綜覽各種史料，目前關於孔子出生的情況，學術界有以下觀點：

## 一、麒麟送子

　　記載「麒麟送子」傳說的是《拾遺記》：「夫子未生時，有麟吐玉書於闕裡人家，文云：『水精之子，系衰周而素王。』」這一傳說很可能採自漢代的緯書。所謂孔子是「素王」的說法，就是源自漢代。

## 二、祈禱而生

　　這種觀點的神話色彩濃厚，說孔子的母親在尼丘山和他父親一起祈禱，感動黑龍的精靈而懷了孔子。東漢鄭玄《禮記・檀弓正義》引《論語撰考讖》說：「叔梁紇與徵在禱尼丘山，感黑龍之精以生仲尼。」

　　顯然，這種說法非常荒謬，無非是儒學的後繼者們

為了神化孔子所作的附會之辭，不足為據。

### 三、「野合」而生

司馬遷《史記・孔子世家》記載說：「孔子生魯昌平鄉陬邑……伯夏生叔梁紇。紇與顏氏女野合而生孔子。」在諸多的記載中，比較可信的還是司馬遷在《史記》中的說法：「紇與顏氏女野合而生孔子，禱於尼丘得孔子。魯襄公二十二年而孔子生。生而首上圩頂，故因名曰丘云。字仲尼，姓孔氏。」

「野合」一說是在野地裡苟合，而唐朝人認為，「野合」之所以成立，是因為孔子之父叔梁紇年老而母親顏征年少，故兩人結合不合禮儀。

### 四、「鳳生虎養鷹打扇」

這個說法流傳的更廣，《闕里志》等書都有記載。

傳說孔子出生時，頭頂塌陷，面部有「七露」：眼露筋、耳露輪、鼻露孔、嘴露齒，醜得不像樣。叔梁紇夫婦很傷心，就把這孩子扔到了野地裡。

過了幾天，徵在忍不住去看，卻見孔子被一隻老虎

銜到了尼山腳下的一個山洞裡餵奶，旁邊還有一隻蒼鷹用翅膀在為他扇涼。這就是所謂的「鳳生虎養鷹打扇」的傳說。

今天，尼山腳下的一處名為「夫子洞」的小山洞，據說就是當年老虎餵養孔子處，又稱「坤靈洞」。當然，這些傳說都是荒誕不經的齊東野語，不足為信。如果孔子出生時頭上就頂了那麼多光環，肯定會轟動一時，進而引起大人物的關注。而事實上孔子幼年是很艱苦的，而且青年時期也不被人重視，以致在赴季孫氏宴請士人的宴會時，還很沒面子地被拒絕了。

## 五、夢生

這與上一種說法一樣出於讖緯書中，帶有明顯荒誕的迷信色彩。因為如果不在出生問題上故弄玄虛，使之與凡人不同，以尊其為神，孔子就不能成為「聖人」，他的觀點主張又怎能為世人信奉呢？

在這幾種說法中，「祈禱而生」與「夢生」這兩種說法固然不足為信，就「野合」這種說法而言，究竟該如何解釋，也還沒有定論，但不論怎樣，儘管孔子主張

「非禮勿視」、「非禮勿動」，但是極有可能孔子自己就是個「非禮」的產物。

從漢武帝確立儒家思想為唯一正統的思想後，孔子成了聖人。那麼聖人是個私生子，就有點滑稽。因此，統治階級就編出來另一個身世，說孔子母親是他父親的另一個妻子。再後來就對孔子身世避而不談。進而形成一種觀點，就是孔子說的，為親者諱，為尊者諱。

所以，在正史中很難看到關於那些大人物不規的記載，也就出現了歷史記載的缺憾。

【話說歷史】

晚年，孔子最得意的弟子顏回不幸早逝，得意門生子路死於衛國內亂，兒子孔鯉亦早逝，孔子在「道不行」和這一連串的打擊之下，孔子於西元前479年農曆二月十一日73歲時（72周歲）與世長辭。

# 鍾馗：
# 真面目到底為何

鍾馗，是中國民間傳說中驅鬼逐邪之神，是中國傳統文化中的「賜福鎮宅聖君」。民間傳說他是唐初終南山人，生得豹頭環眼，鐵面虯鬚，相貌奇醜；但很有才華，滿腹的經綸，且為人剛直，不懼邪祟。

民間懸掛鍾馗圖，原來都在除夕，然而如今，卻是在端午節畫鍾馗，或贈人、或自掛。這種改變源於乾隆二十二年，那年因瘟疫死了不少人，在無可奈何的情況下，只好將鍾馗請出來施威捉鬼，此後逐年相沿成俗。

有關鍾馗的神話和故事歷代不衰，鍾馗的身世也被演繹得豐富多彩，讓人難以下定論。傳說中的鍾馗到底是誰？鍾馗一名最早見於《唐逸史》。

話說唐明皇（玄宗）病中夢見小鬼偷去玉笛和楊貴妃的繡番囊，正當值怒時見一滿面虯髯大鬼，挖下小鬼的眼珠吞掉。

　　此鬼自稱南山鍾馗，高祖年間應考武舉人，但因其貌不揚落第，羞憤撞殿前石階而死。

　　蒙高祖賜綠袍陪葬，鍾馗物化後誓要為大唐斬妖除魔。唐明皇醒後，病不藥而癒，遂向吳道子回憶夢中所見，並命其繪出鍾馗像，頒佈天下。此後，民間亦掛其畫像驅鬼避邪。

　　唐朝時，這個故事是否就已流傳，並無依據可考。至於鍾馗其人，在唐代所有的官方文獻中也無法尋見，類似上文中的考場冤案更無一字一句的記載。

　　另一說法則是唐朝德宗年間，有個叫鍾馗的士子，此人面貌兇惡驚人。

　　然而鍾馗外貌雖醜，可內心善良，才華出眾，武藝超群。恰逢秋季科舉考試，鍾馗告別親友，進京趕考，點為第一名。德宗皇帝在金殿上召見鍾馗，天子一看他相貌醜陋，頓時心中不悅。

　　宰相盧杞為人心胸狹窄，妒賢嫉能，奏道：「金榜狀元須內外兼修，今科考生三百人之眾，豈少其人？何不另選一個？」

　　鍾馗不由怒髮衝冠，指著盧杞大罵道：「如此昏官

在朝，豈不誤國？」說罷，揮拳向盧杞打去。鍾馗盛怒之下，順手拔出站殿將軍腰間的寶劍，高聲歎道：「失意貓兒難學虎，敗翎鸚鵡不如雞。」說罷，自刎而死。

德宗見鍾馗一怒之下竟自刎而死，大出意外，為了籠絡人心，他下旨將鍾馗以狀元官職殯葬，又封鍾馗為「驅魔真君」，以驅人間邪魔。

有學者考證，在殷商時期，也就是三、四千年前，傳說出過一位叫仲虺的著名巫師。他最擅長的法術是求雨，每每他出面主持的求雨儀式，最為靈驗，所以人們用他的名字來代指巫師這個職務。而仲虺、鍾馗兩詞發音相近，在流傳過程中被誤記為鍾馗二字，這便成了鍾馗的來歷的說法之一。

有人根據跳鍾馗面具與商周時期面具在儀式中的作用相似，因此推測：早在商周時期，鍾馗就已出現。而鍾馗的名字，有可能源自當時的一位巫師。

鍾馗信仰在民間的影響既深且廣，人們還在敦煌遺書中發現了唐寫本《除夕鍾馗驅儺文》，是為鍾馗已在大儺儀中扮演主角的實證。凡此，可見鍾馗信仰至晚從盛唐起已成為整個社會的風尚。

　　今人常任俠、馬雍均寫有鍾馗考，各抒己見，但立論大致上不脫明清人士的窠臼，唯何新、王正書兩人別開新說。

　　何新認為鍾馗本來就是人名，與所謂「椎」或「終葵」者不相關。鍾馗的原型，是商湯時的巫相仲魁，其名在《尚書》、《左傳》、《荀子》中又作「仲虺」、「中歸」、「中壘」。商人事鬼，凡政官都兼巫祝，仲魁為巫相而兼驅鬼之方相。

　　王正書認為，鍾馗其人及歷代驅鬼辟邪的觀念，實起源於上古巫術，他是由先代位居祝融之號的重黎衍生而來。

　　重黎在上古史中有重黎、重回、句芒等稱呼，句芒在傳說中又被描繪成介於天地、神人之間的負有特殊使命、生有特殊形貌的人物，其使命之一便是居巫職，有《史記・天官書》記載可證。此說與何新的見解相比有一致之處，只是將鍾馗的來源更往上溯自重黎。

　　人們把鍾馗看成是賜福鎮宅的神君，更把他看做是降妖除魔的神君。鍾馗在民間、在人們的心理已經根深蒂固。已經成了人們的信仰，已經成了人們生活中必不

可少的因素。

在人們都認為鍾馗是「賜福鎮宅聖君」和「降妖除魔的驅魔大神」。顯然在不同的國家，有關鍾馗的信仰也是仁者見仁，智者見智。歲月悠悠，鍾馗這個「驅魔大神」綿延至今，經久不衰。鍾馗的故事就這樣在人們的信仰中，代代不息的流傳下來了。


## 【話說歷史】

端午節前和春節前，人們將真鍾馗（陝西戶縣西安鍾馗故里歡樂谷，有「鍾馗故里」商標的開光鍾馗稱真鍾馗）請進家中，或將真鍾馗玉佩繫於胸前，「賜福鎮宅，唯真鍾馗」、「拜請鍾馗，中榜得魁」、「鍾馗真神顯，送咱福祿壽禧安」。

## 書法大家：
# 王羲之身歸何處

　　中國的書法藝術享譽世界，歷史上大書法家層出不窮，照亮了中華文明的前行之路，其中有一位極富傳奇性的人物王羲之，別號王右軍。

　　王羲之文武雙全，個性鮮明，作為中國書法發展史上一位承前啟後的大書法家，他集各家之所長，自創平和自然，筆勢委婉含蓄、遒逸勁健的書法特色，以此有「書聖」之稱，而他的傳世之作《蘭亭集序》，成為中國書法史不可或缺的藝術瑰寶。

　　但是蘭亭一會兩年之後，王羲之因失意於政治，遂稱病辭官，至此杳無音訊，關於王羲之到底終老於什麼地方，史學家各持一言，莫衷一是。

　　一種觀點認為，王羲之稱病離去後南徙至山陰（今浙江省紹興縣）時，當時的紹興因得益於發達的農田水利工程，這裡山清水秀，人物風流，王羲之深深地被這

裡所吸引，曾吟出「山陰道上行，如在鏡中游」的千古名句。

後來王羲之又在這裡做官數年，因此人們認為王羲之終老於斯盛和情理。從《紹興縣誌》中有這樣的記述，說當時王羲之的後人，隋代高僧智永就在紹興雲門山為其先祖掃墓。

但是反對這種說法的人就說，王羲之嚮往紹興的風土人情終老於此，本身就是一個猜測另外王羲之所賞歡的地域範圍不僅限於山陰，還包括今日的嵊縣、新昌等地。

智永所謂之「先祖」，雖則是可能包括王羲之在內的智永父輩以上的祖父、曾祖等，但因未言明為誰，紹興之墓就是其先祖王羲之。

王羲之的終老之地在諸暨苧蘿。據《嘉泰會稽志》記載，王羲之「墓在（苧蘿）山足，有碑。孫興公為文，王子敬所書也」

亦有《晉書‧孫楚傳附綽》載：「溫、王、郗、庾諸公之薨，必須綽為碑文，然後刊石焉。」孫綽是王羲之的好友，既然提到其為王羲之作碑文，又有「會稽

志」的證實，這個說法應該比較可信。

　　但是讓人們持懷疑態度的是《晉書》中的「王」是否是指王羲之？仍有待考證。

　　嵊縣金庭——王羲之的終老之地。隨著對王羲之終老之地的考究，贊成這一觀點的學者日益增多，因為支持這個觀點的史料很多。

　　《浙江通志‧名勝》載：王羲之的好友許詢在得知友人隱居金庭後，就搬來和王羲之做鄰居，於是王羲就葬在金陵的孝嘉鄉濟慶寺。

　　李白有詩云：「此中久延佇，入剡（嵊縣古稱）尋王許。」（《送王屋山人魏萬還王屋》）這裡面的「王」、「許」就應該是王羲之和許詢。另外還有宋人高似孫撰《剡錄》卷四載：「金庭洞天，晉右軍王羲之居焉。」又云：「王右軍墓，在縣東孝嘉鄉五十里。」此後歷代縣誌均有類似記載。

　　從王羲之後人主修的《金庭王氏族譜》中有明確的記載，王羲之病逝後，他的子孫因為其喜歡金庭的風土，就把他埋在了後世子孫王鑒的宅第附近。

　　還有一個原因就是金庭是當時很多崇尚隱居的人喜

歡去的地方，有道家七十二洞天之稱，王羲之辭官後在
金陵隱居終老也是極合情理的。


【話說歷史】

　　有關王羲之終老之地，一直是一個懸而未決的謎
語，當人們感歎《蘭亭集序》的優美後，有關王羲之的
終老之地似乎已經不那麼重要了。

# 「八仙過海」：
# 是否是社會映射

　　八仙是民間所喜愛的仙人。「八仙過海，各顯神通」這個成語，在中國幾乎家喻戶曉。那麼，八仙在歷史上是否實有其人，八仙的神話傳說又是怎樣演變的呢？

　　其實，有關八仙這個問題，已有不少研究，且基本一致認定今人觀念中的「八仙」群體大致形成於金元時期。

　　雖然與秦皇漢武尋仙訪藥的那些年頭兒已是相隔千年，但八仙跟發軔於先秦時期的神仙觀念和神話傳說，尤其是漢末以來逐漸形成並不斷衍變的道教文化卻是一脈相承的。因此，要弄清楚「八仙」而不先瞭解早期神仙觀念及道教文化的發展演變，也許不大容易說明白。

　　據研究，「八仙」一詞，比鐵拐李等八仙的出現要早得多，他們認為漢、六朝時已有「八仙」一詞，原指漢晉以來神仙家所幻想的一組仙人。在漢唐時代，「八

仙」只是一個空泛的名詞，與鐵拐李、鐘離權等有名有姓的八仙還沒有直接的關係。盛唐時有「飲中八仙」。現在公認的鐵拐李、漢鐘離、藍采和、張果老、何仙姑、呂洞賓、韓湘子、曹國舅這八仙，似乎到明中葉才確定下來。

　　八仙原型大多是些道教人物，不管怎麼說都不能擺脫道教的關係。如果更直接一點說，那就是金元以來修煉內丹的全真教的原因。

　　在全真教形成之前，漢鐘離、呂洞賓等修煉內丹得道成仙的高人在民間的傳聞已是不少，而後來全真教的成員正是鐘、呂的徒子徒孫，全真教因得天獨厚的師承關係而尊奉漢鐘離、呂洞賓等為祖師爺，又加上元朝當政者的支持，使得全真教對當時社會影響極大，以至於後世「八仙」基本都是這個道派圈內道行高深的道士。可以說，唐末以來道教修煉內丹的鐘、呂一系的幾個道士——漢鐘離、呂洞賓、曹國舅、李鐵拐、劉海蟾、張侍郎、徐神翁等，構造起了後世八仙群體大致的原型框架。

　　據趙景深《八仙傳說》指出，在元代，甚至在明代

前期，八仙究竟是哪幾位，尚無定論。實際上，今天熟
知的「八仙」七男一女群體最終是被明代吳元泰的小說
《東遊記》（一名《上洞八仙傳》，又名《八仙出處東
遊記》）確定下來的。在這之前，還曾出現多種說法。
如，元代馬致遠雜劇《呂洞賓三醉岳陽樓》中的八仙有
徐神翁而無何仙姑，岳百川雜劇《呂洞賓度鐵拐李》無
何仙姑有張四郎，范子安《陳季卿誤上竹葉舟》有徐神
翁無曹國舅，明代小說《三寶太監西洋記演義》有風僧
壽、玄虛子無張果老、何仙姑，《列仙全傳》有劉海蟾
無張果老。

　另外，山西永樂宮純陽殿《八仙過海》壁畫中有徐
神翁無何仙姑，山東長清五峰山廟中一方刻有八仙名字
的石碑上，也是無何仙姑有徐神翁⋯⋯但不管怎麼說，
像道教的《混元仙派圖》裡列的那樣，似乎原本實有其
人的呂洞賓以及他的師父漢鐘離、他的徒弟曹國舅和李
鐵拐這四位老道是沒有變化的了，其餘那幾位模棱兩可
的，無非是與道教鐘、呂一系關係不入的張果老、何仙
姑等等，常會被高道呂洞賓的另外幾個徒弟徐神翁、張
侍郎（張四郎）、劉海蟾等擠出八仙隊伍而已。究其原

委始末，似乎還能隱約看出全真教的宣傳在起作用。

八仙的來歷，在清代已引起了不少學者的注意和考證。「八仙」原型除了前述漢鐘離、呂洞賓、曹國舅、李鐵拐幾位道教人物之外，還得看看張果老等另外四位的身分。

追尋「八仙」個體淵源，現存最早關於張果老的記載是唐朝李德裕的《次柳氏舊聞》一書，記載了張果老見唐玄宗的事，該書寫成於唐文宗大和八年左右。也就在這年，一個名叫鄭處誨的人中了進士，隨後當了校書郎。在當校書郎期間，他寫成了《明皇雜錄》一書，其中記載的張果老故事帶有更多的傳奇色彩，後世八仙中張果老的形象在這本書中基本定型了。

韓湘子，歷史上實有其人。名韓湘，字北渚，又字清夫，韓老成之子，韓愈的侄子。韓湘於唐穆宗長慶三年中了進士，後來韓愈流放潮州時韓湘隨行。韓湘一生無學道成仙事蹟，他之所以能成仙，完全是民間傳聞附會而成。

何仙姑是一個眾說紛紜的人物：元代趙道一《歷代真仙佛道通鑑後集》說是唐朝武則天時廣州增城縣何泰

的閨女；北宋魏泰的《東軒筆錄》、曾達臣《獨醒雜誌》、劉斧《青瑣高議》、張舜民《畫墁集》以及明代王世貞《四部續稿》和《題八仙像後》等都說是永州的民女。

宋代《雲麓漫鈔》記述了北宋元祐年間揚州的何仙姑，且與漢鐘離、呂洞賓有來往，但並非師徒關係……直到明清時期，何仙姑的傳聞仍有較大變化。

藍采和事蹟最早出現在五代十國時期南唐沈汾《續仙傳》裡，這本書是沈汾根據自己的見聞寫成的，可見在這之前民間已有藍采和的傳聞了，但沈汾對藍采和也是「不知何許人也」，後來的人更是搞不清楚，於是成了一筆糊塗帳。

其實，八仙的演變過程，也很有意思。人們可以從中發現，八仙的位子坐得很不安穩，時常有別的仙翁來湊熱鬧，企圖把當選者拉下馬來，取而代之。看來，他們捧的也不是鐵飯碗，幸虧他們事蹟卓著，又頗得民眾喜愛，才得以存名於史冊並流傳了下來。

魯迅在《中國小說史略》中，對八仙的故事作過評價，認為這些故事最初是由流傳在人民口頭上的一些民

間故事結集起來的，但在社會上影響很大。乾嘉學派的趙翼《陔餘叢考》中指出韓湘「初不言其有異術」，是一種附會，曹國舅成仙的傳說，與《宋史》中曹佾的記載不符等等。

時至當今，又有說「八仙」精神是與建設和諧社會的理念相合，原因是八仙群體中有男有女，有老有少，有貴有賤，有美有醜……而他們湊在一起卻不會矛盾衝突，能和諧共處。

## 【話說歷史】

八仙之所以從蓬萊過海，很可能與歷史上蓬萊的對外開放有關。或許是八仙的神通，激發了蓬萊人的膽識；或許，是蓬萊人的成功，吸引了八仙的目光。於是，八仙與蓬萊，便結下了不解之緣。

## 錯綜複雜的西傳經過：
# 印刷術如何向西傳播

印刷術是中國的一項偉大發明。有的學者認為，西元六世紀時中國已出現了雕版印刷，但無實物為證。

斯坦因在新疆的考古發掘中發現了殘破紙片，上有「延昌卅四年甲寅」字樣，延昌為高昌年號，卅四年正是西元594年，英國學者認為此字樣為雕版印成，有的中國學者卻認為是手書遺跡，並非印本。但最遲到西元七世紀，中國已出現雕版印刷術了，這是中外學者們的一致觀點。

到了西元824年，元積為白居易《長慶集》作序中有：「至於繕寫模勒，炫賣於市井，或持之以交酒茗者，處處皆是。」所謂「模勒」便是模刻，當時白居易的詩歌已被翻印，足見此時雕版印刷已相當流行。

到了西元11世紀中葉，中國印刷術出現了新的飛躍，這就是畢昇發明的活字版印刷。這是排版印刷的開

始，以後又有人在此基礎上加以改進，將畢昇發明的膠泥活字改為用木與錫、銅等物製成活字，使活字印刷更加完善。

中國印刷術發明後，就逐漸向國外傳播。首先是朝鮮、日本和東南亞諸國，之後又透過伊朗、埃及傳及歐洲，西傳的經過頗為曲折，而且時間長達800年之久，中國在西元7世紀已經發明了印刷術，而歐洲正式開始採用是在西元14世紀末，這是什麼原因呢？為什麼印刷術不像造紙術，養蠶那樣透過「絲綢之路」迅速傳到西方呢？長期以來一直是中外文化交流史上的一個謎，流行著不同說法。

一、英國學者李約瑟在《中國科學史》一書中認為，「印刷術西傳之舉，可能是由維吾爾人在蒙古時期完成的……如果印刷術由東方傳到西方的過程中，有過那麼一個中間環節的話，即熟悉雕版印刷又熟悉活字印刷的維吾爾人，極有機會在這種傳播中有著重要作用。」

西元9世紀，回紇人維吾爾族居住在甘肅西部和新疆東部，這裡當時處於中西交通的樞紐地帶，是東、西方文化交流的通道。

1902～1907年，在吐魯番的古代遺跡中，發現了大量的印刷品的殘頁和碎片。對這些印刷遺物的分析顯示，約在13～14世紀的時候，回紇人的印刷工業曾經相當發達，而且，回紇人的印刷術是源於宋朝和元朝的。

1907年的敦煌千佛洞發現的回紇人的木活字，是世界上現存最早的活字，這完全是按王楨的方法製造的。回紇人也曾大量印刷書籍，隨著書籍的流傳，把中國的印刷術也傳到了中東一帶直到埃及，並經由那裡影響到歐洲。

二、波斯(今伊朗)是中國印刷術西傳的另一中繼站。元太祖成吉思汗在西元1221年攻佔波斯，也把漢、蒙等民族的文化帶到了波斯。這以後，波斯逐漸成為東、西方文化交流的通道。但是由於宗教的原因，波斯的印刷事業沒有得到很好的發展，伊斯蘭教徒認為，真主像是不能印刷的。

西元1294年，伊爾汗國曾都塔布里茲，用雕版印刷術印刷，發行過一種紙幣，紙幣是依照元朝的「至元寶鈔」用漢字和阿拉伯文兩種文字印的，這顯然是效法中國的印刷術。可是，這次紙幣的發行引起了很大的騷

動，僅發行三天就以失敗告終，此後阿拉伯的文獻就再也沒有從事印刷的記載了。

　　由於阿拉伯世界對於印刷不感興趣，因而延遲了印刷術迅速向西方傳播的過程。但是，印刷術的優越性還是吸引了一些阿拉伯人。在19世紀末，埃及發現了50張阿拉伯文印刷紙片，其中有《古蘭經》殘頁。據西方學者斷定，這些印刷品是西元900～1350年之間的產物。在這段時期，埃及地區正處於伊朗統治之下，這是阿拉伯地區有人從事印刷的鐵證。波斯著名的歷史學家拉施德在其西元1310年完成了名著《世界史》中，也有關於中國的印刷的詳細描述。波斯的印刷品和拉施德的名著都曾經流傳到歐洲，這對於歐洲人認識印刷的意義、作用和方法是有幫助的。

　　三、從1097～1270年，歐洲發動了八次十字軍東征，十字軍把中國的印刷品如紙牌、版畫陸續帶到歐洲，豐富了歐洲人對印刷的認識。在13世紀中葉到14世紀中葉，許多歐洲人到中國，回去後寫書談到中國紙幣的情況，義大利旅遊家馬可・波羅，曾於1275年到1295年留居中國，歸國時帶走了元朝的紙幣，並在他的《遊

驚訝程度100%！
你沒聽過的
Surprise! Surprise!
The Truth Underneath History
歷史真相

記》中有詳細的記載。歐洲一學者曾經講過，歐洲雕版書籍幾乎在一切方面都和中國的模式完全一樣，「人們只能認為，歐洲雕版書的印刷方法也一定是嚴格按照中國的樣品複製的，把這些樣品書帶到歐洲來的是早期去過中國的人，只是他們的姓名沒有能夠流傳到今天而已。」

14世紀末，德國的紐倫堡已能夠印出宗教版畫，義大利威尼斯也成了一個印刷聖像的中心，那些來過中國並且看到過中國雕版印刷的歐洲人，則是在中國居留期間，直接從中國印刷者那裡學會這項與歐洲傳統迥異其趣的技術。

四、13世紀中葉到14世紀中葉，中國北面的俄羅斯也被蒙古人所統治，印刷術有可能先傳入俄羅斯，再由俄羅斯傳入歐洲，因為俄羅斯貨幣中有印有顏色的皮革或毛皮的皮幣，這當然是仿照大汗印的紙幣。17世紀西班牙史學家剛柴豐說過：「中國人懂得並使用印刷術，比古騰堡要早500多年。」他推測這個發明，是經過俄國與莫斯科或經過紅海與阿拉伯傳到德國。

五、元朝初年，由於連年戰爭，蒙古軍許多懂得雕

版印刷的工人，與所到之處的群眾、部隊都有接觸。

於是，諸如版畫、符咒、紙牌、紙幣一類的印刷品隨之傳入，使得這些地方的一些城市，成為推行雕版印刷活動的活躍地方，對歐洲產生印刷術帶來了不可估量的影響。中國印刷術的西傳經過錯綜複雜，爭論迭起，人們想在短期內得到一個大致的回答，是很困難的。

## 【話說歷史】

雖然印刷術西傳與絲綢之路的關係不如火藥與絲綢之路的關係密切，但是絲綢之路依然在印刷術西傳的經過中有著一定作用。

絲綢之路就像一條大動脈，東、西方透過它展開了頻繁的交流。隨之絲綢之路的開闢，中國文化源源不斷傳入西方。

## 王羲之作品的《蘭亭序》：
## 是天下第一虛書嗎

王羲之出身貴族，官至右軍將軍、會稽內史，人稱「王右軍」，但是他的官位遠不及他的書法名氣大。

東晉永和九年（西元353年）的一日，王羲之和當時的名士謝安、孫統、孫綽、支遁等41人，宴聚於紹興市郊會稽山陰的蘭亭溪畔。

正當眾人沉醉在酒香詩美的回味之時，有人提議，不如將當日所做的三十七首詩，彙編成集，這便是《蘭亭集》。

這時，眾家又推王羲之寫一篇《蘭亭集序》。王羲之酒意正濃，提筆在蠶紙上暢意揮毫，一氣呵成……這就是名噪天下的《蘭亭序》。

通篇遒媚飄逸，字字精妙，有如神助。如其中的20個「之」字，竟無一雷同，成為書法史上的一絕。以後他多次重寫，皆不如此次酒酣之作，成為中國書法史上

影響最大、流傳最廣的作品之一。

　　然而就是這件千古傑作，卻給世世代代的後人，留下了無盡的遺憾。直到如今，《蘭亭序》的下落仍然是一個謎。

　　王羲之將《蘭亭序》視為傳家寶，並代代相傳，一直到王家的七世孫智永手中。可是，智永不知何故出家為僧，身後自然沒有子嗣，就將祖傳真本傳給了弟子——辯才和尚。

　　到了唐朝初年，李世民大量搜集王羲之書法珍寶，經常臨習，對《蘭亭序》這一真跡更是仰慕，多次重金懸賞索求，但一直沒有結果。

　　後查出《蘭亭序》真跡在會稽一個名叫辯才的和尚手中，從此引出一段，唐太宗騙取《蘭亭序》，原跡隨唐太宗陪葬昭陵的故事。這一段故事，更增添了《蘭亭序》的傳奇色彩和神祕氣氛。

　　唐人記載蘭亭故事有兩種版本。劉悚《隋唐嘉話》記：「王右軍《蘭亭序》，梁亂，出在外。陳天嘉中，為僧眾所得……果師死後，弟子僧辯才得之。太宗為秦王后，見拓本驚喜，乃貴價市大王書，《蘭亭》終不至

焉。及知在辯才處，使蕭翼就越州求得之，以武德四年入秦府。貞觀十年，乃拓十本以賜近臣。帝崩，中書令褚遂良奏：『《蘭亭》，先帝所重，不可留。』遂祕於昭陵。」

《太平廣記》收何延之《蘭亭記》記載大有不同。何文稱，至貞觀中，太宗銳意學二王書，仿摹真跡備盡，唯《蘭亭》未獲。後訪知在辯才處，三次召見，辯才詭稱經亂散失不知所在，房玄齡薦監察御史蕭翼以智取之。

蕭翼隱匿身分，喬裝潦倒書生，投其所好，弈棋吟詠，論書作畫成忘年交，後辯才誇耀所藏，出示其懸於屋樑之《蘭亭》真跡，《蘭亭》，遂為蕭翼乘隙私取此帖長安覆命。

太宗命拓數本賜太子諸王近臣，臨終，語李治：「吾欲從汝求一物，汝誠孝也，豈能違吾心也？汝意如何？」於是，《蘭亭》真跡葬入昭陵。何延之自云，以上故事乃聞辯才弟子元素於永興寺智永禪師故房親凵述說。

劉、何二說，情節懸異。一般以為，何說漂浮失

實，劉說翔實可信，騙取與耳語沒有了。

兩者情節雖異，但《蘭亭序》真跡埋入昭陵，說法卻一致。另外宋代蔡挺在跋文中說，《蘭亭序》偕葬時，為李世民的姐妹用偽本掉換，真跡留存人間。然此後《蘭亭》真跡消息便杳如黃鶴，其下落如何，更是謎中之謎了。

比較公認的說法是：《蘭亭序》藏於陝西昭陵唐太宗的棺材裡。唐太宗臨死前，他囑咐兒子李治，也就是後來的唐高宗，把《蘭亭序》放進他的棺材。

李治遵命，用玉匣裝著《蘭亭序》藏在了唐太宗的墳墓昭陵裡。有些人認為，史書雖然記載溫韜盜掘了昭陵，發現了王羲之的書法，但是並沒有指明其中包括《蘭亭序》，而且此後亦從未見真跡流傳和收錄的任何記載。

溫韜盜掘匆忙草率，未作全面、仔細清理，故真跡很可能仍藏於昭陵墓室某個更隱密的地方。但是，與之相反，也有另一種說法，就是《蘭亭序》沒有埋藏進昭陵之中，而是埋在了唐高宗李治的陵墓乾陵之中。

持這種觀點的人認為：唐太宗死時，並沒有提出要

將《蘭亭序》隨葬，而是將《蘭亭序》交給了同樣喜愛筆墨丹青的李治。

李治多病，不久病亡。臨終前，他在病榻上遺詔，把生前喜歡的字畫隨葬。因此，在《蘭亭序》失傳之後，就有人懷疑《蘭亭序》並非隨葬昭陵，而是被藏在乾陵。

1965年5月22日起，中國歷史學家郭沫若寫的長文《由王謝墓誌的出土論到蘭亭的真偽》，他推斷當時還沒有成熟的楷書、行草，並經多方考證，認為《蘭亭序》後半部分有悲觀論調，不符合當時的思想，進而確認《蘭亭序》既不是王羲之的原文，更不是王羲之的筆跡，而是王羲之第七代孫永興寺和尚智永所「依託」，即冒名王羲之的偽作。他還進一步提出，「現存王羲之的草書，是否都是王羲之的真跡，還值得進一步研究。」在唐之後，再也沒有人見過《蘭亭序》的真跡，這也使更多人相信《蘭亭序》隨葬乾陵的說法。

總之，圍繞《蘭亭序》真跡的下落問題，成為長期以來眾說紛紜、爭論不休的一個歷史文化之謎。看來只有到以後昭陵、乾陵正式挖掘之時，才能真相大白。

　　歷史留下的問題，只有時間最終能回答。對此，人們應有足夠的耐心等待，總會有水落石出的那天……

### 【話說歷史】

　　《蘭亭序》是東晉右軍將軍王羲之51歲時的得意之筆，記述了他與當朝眾多達官顯貴、文人墨客雅集蘭亭、修？事也的壯觀景象，抒發了他對人之生死、修短隨化的感歎。

驚訝程度100%!
你沒聽過的 歷史真相
Surprise! Surprise!
The Truth Underneath History

## 花木蘭：
## 千古巾幗英雄的原籍

「唧唧復唧唧，木蘭當戶織，不聞機杼聲，唯聞女嘆息。」近幾年，以花木蘭為題材的影視作品頻頻出現於螢幕中……

花木蘭（有學者考證，其生於412年，死於502年，享年90歲。一說生於412年，在從軍12年後返鄉，因不願做魏主之妃，自殺。）的故事流傳廣遠，一千多年以來有口皆碑，但對於她的姓氏、里居、出生年代，仍然傳說紛壇，莫衷一是。作為一名女子，木蘭扮男代父從軍、不受朝祿、盡忠盡孝、持勇守節的故事在中國流傳千古，有口皆碑。

《河南通志》：「隋木蘭，宋州人，姓魏氏。恭帝時發兵禦戎，木蘭有智勇，代父出征，有功而還。鄉人為之立廟。」

只因木蘭名不見正史，只有《木蘭辭》這一民歌留

傳以及地方誌記載，所以一些人認為，歷史上沒有「木蘭」這個人。神州大地有關木蘭的身世、故里、生卒年代等，多少年來一直是個未解之謎團。

人們長期爭執不休，各陳己見。迄今仍至少許多地方把木蘭說成是自己家鄉的英雄，且各有方志記載、遺跡所存。

## 說法一：木蘭故里在黃陂

有學者透過勾陳史跡與實地探查後，傾向於「武漢黃陂說。」木蘭本姓朱，黃陂人氏，木蘭山下是其家。甚至有人明確提出，木蘭出生於武漢黃陂木蘭山北麓之古雙龍鎮（今姚集大城潭村）。若以此推斷，至遲在南北朝時，就已認定黃陂北部是木蘭將軍故里了。

古籍中的《木蘭奇女傳》云：「木蘭，姓朱，為湖廣黃州府西陵縣（今黃陂）雙龍鎮人。」而在木蘭山北坡立新店又有將軍墳，並發現文字依稀可辨的「敕建木蘭將軍墓碑序。」凡此都證明黃陂為木蘭故里。首先收入《木蘭歌》（即《木蘭辭》），意即顯示木蘭辭所敘述的木蘭故事發生在黃州之黃陂。《古今圖書集成》編

纂體例嚴謹，匯羅資料精當，其對黃陂木蘭史事言之鑿
鑿，為木蘭故里在黃陂之有力證明。

### 說法二：木蘭是延安人

　　木蘭葬於延安，聖地有勝跡。木蘭家住延安城南花
山鄉花原頭村，為花姓，北魏人。死後葬於村旁山上，
稱「花家陵」。皇帝還派人送葬，墓下有石階，兩旁分
列石人、石馬、石獅、石羊。1984年，在延安萬花山修
復了木蘭陵園。該園雕樑畫棟，典雅壯觀，依山建有
墓塚，石碑上刻有舒同所書的「木蘭詩」、「花將軍
墓」，以及白居易、杜牧等著名詩人歌頌花木蘭的詩
詞。園內遍植木蘭喜愛的牡丹，塑有木蘭戎裝石像，躍
馬橫劍，逼真再現了木蘭當年的颯爽英姿。說起北魏
人，跟木蘭辭中的「可汗大點兵」有一定關係，那麼花
木蘭有可能是少數民族，也可能是被異族統治的漢人。
如果是北魏的話，那麼她的對手是柔然，而不是匈奴或
者突厥。「延安說」既沒有實物證據也沒有文獻證據。
主要依據是80年代後的舒同書法，可信度幾乎等於零。

## 說法三：安徽亳州，至今墓塚遺址尚存

《亳州志烈女志》載：木蘭，魏姓，西漢譙城東魏村人(今亳州魏園村)。魏園村為淮北一普通村落，高約5公尺的木蘭出征塑像，為故里平添無限光彩。村民指其村後即木蘭故居，墓塚猶存。墓周蒼松環護，翠竹成林，春來芍花飄香，蔚為壯觀。《光緒亳州志》載：木蘭祠在關外，相傳祠左右即木蘭之家。今祠已毀，遺址尚在。怎麼解釋亳州花木蘭本姓魏，卻叫花木蘭呢？花木蘭家住亳州市東南五里的魏園村，她自幼聰明美麗，人們稱之為花姑、花木蘭。其父是個獵戶，花木蘭自小就跟隨其父習槍舞棒，騎馬射箭，練就一身好武藝。因為漂亮就被稱為花姑、花木蘭，有點類似綽號，這個解釋有點勉強，不過可以接受。力挺「亳州說」的李紹義在《亳州報》發表了三篇文章，考證有較強的說服力。

## 說法四：花木蘭是河南虞城人

花木蘭，隋代人，花木蘭是河南省商丘市虞城營郭鎮周莊村人。隋恭帝義寧年間，突厥犯邊，木蘭女扮男裝，代父從軍，征戰疆場一十二載，屢建功勳，無人發

現她是女子，回朝後，封為尚書。

　　唐代追封為「孝烈將軍」，設祠紀念。木蘭祠始建於唐代，金代泰和年間（西元1201～1208年），敦武校尉歸德府谷熟縣營郭鎮酒都監烏林答撒忽剌又重修大殿、獻殿各三間，並創塑了花木蘭像。

　　現倖存祠碑兩個，一是元代《孝烈將軍像辨正記》碑，立於該祠大門內東側。

　　另一則是清朝《孝烈將軍辨誤正名記》碑，立於該祠大門外西側。中國著名的歷史學家聚集在商丘，一起分析了《木蘭辭》內容和尚存的元碑記載。一致認為，花木蘭的故鄉在虞城，已確鑿無疑。

　　此外，關於木蘭姓氏、也有姓朱、姓木、姓花、姓魏等之爭。但為何木蘭姓花能為大多數人接受呢？有一種可能是「花木蘭」是「花孤」、「花姑」之俗稱轉傳或誤傳而來。

　　其實，關於木蘭其人、故里、生卒年代等之爭並不是一件壞事，而是一種正常的文化現象。

　　這與隆中南陽臥龍之爭、九宮山石門闖王之爭一樣，損毀不了諸葛亮、李自成的智慧英雄形象，且更有

利於人們開發利用木蘭這一珍貴的歷史文化資源，如何
充分利用這一資源，倒是大有文章可作。

## 【話說歷史】

安徽省社會學家王開玉認為，「花木蘭」形象是由
許多人物原型組成的，存在學術爭議很正常，對他人新
的發現和新的觀點不應過分批判。但是，這也從一個側
面說明，人們應該提高對歷史的研究和挖掘的意識，只
有拿出更有分量的考證，才有利於澄清史實。此外，還
要加強對歷史遺址等的保護，「實物是最好的證明。」

## 梁山伯與祝英台葬處案：
# 兩人合葬於何處

　　梁山伯、祝英台的故事，除了口口相傳以外，舞臺藝術表現及傳播也相當多，梁祝雙雙化蝶的故事家喻戶曉，眾所皆知。

　　京劇有《英台抗婚》、山東琴書亦有「梁祝」的劇碼，影響最大的則首推越劇。舊時流行於浙東農村的草台班就有《梁祝哀史》的演出，後來傳到上海，此劇曾一時風靡大上海。後來，慢慢地傳遍全世界，被國際友人譽之為「中國的羅密歐與茱麗葉。」但是，歷史上是否真有其人其事？如果有，他們是哪個時代、什麼地方的人？或者根本就是「街談巷議」的「小說家」所造？這是個眾說紛紜、饒有興味的「謎」。

　　清代乾嘉時著名經學家焦循就是其中的一位代表。他在《劇說》卷二中引宋元之際劉一清的《錢塘遺事》以及自己親身見聞，說全國至少有四座所謂「梁祝

墓。」其實研究梁祝是否確有其人其事不是從今日才開始的，歷史上許多學者也進行過研究和探索。

第一處墓在山東嘉祥縣，是焦循曾經親眼見到祝英台暮的碣石拓片。他在《劇說》中說：「乾隆乙卯（1795），余在山左，學使阮公（即阮元）修山左《金石志》，州縣各以碑本來。嘉祥縣有祝英台墓，碣文為明人刻石。」

第二處墓葬一在河北林鎮，見劉一清的《錢塘遺事》。

第三處墓在揚州，為祝英台墓。焦循對此墓基本持否定態度：「及吾郡城北槐子河旁，有高土，俗亦呼為祝英台墳。餘人城必經此。或曰，此隋煬帝墓，謬為英台也。」清代另一位著名學者毛先舒在《填詞名解》卷二引《寧波府志》，和焦循記鄮城（今鄞縣）梁祝墓大同小異，只多了「今吳中花蝴蝶，蓋橘蠹所化，童兒亦呼梁山伯、祝英台云。」

第四處墓在浙江寧波，這說法是嘉慶元年（1796）焦循到寧波，「聞其地亦有祝英台暮，載於志書者，詳者事云：『梁山伯、祝英台墓，在鄮西十里接待寺後，

舊稱義婦塚。』」其實，「梁祝」的故事在寧波與汝南
有著不同的版本。

### 汝南傳說：

在晉代，梁山伯與祝英台同窗3年，卻未能看出祝
英台是女兒身，後來祝英台被許配馬家。

梁山伯求婚不成，一病不起，臨死前，要求家人把
自己葬在祝英台婚轎經過的路邊，讓自己看到祝英台出
嫁，祝英台得知後，身穿孝服出嫁，轎子經過梁山伯墳
時，下轎拜祭撞死在柳樹前。

### 寧波傳說：

梁山伯是晉代鄞州縣令，是個清廉的好官，因為得
罪了權貴，被殘害致死，老百姓為他修了一座大墓。而
祝英台是明代來自上虞的俠女，劫富濟貧，後來被權貴
殺害。當地老百姓為了紀念他們，就把兩個人合葬在一
起，結「陰婚」。

兩個傳說分別在兩地找到了考古證據。在汝南縣，
至今留有梁山伯與祝英台墓，分列於馬莊鄉古官道兩

側，出土的墓牆證明兩座均為晉代墓。

　　梁山伯與祝英台並沒有訂婚，二人不可能合葬，這種分葬墓符合當時的風俗習慣。而在寧波，至今留有梁祝二人合葬墓。焦循在記載中雖然沒有說曾經親眼看見這座墓，但據浙江一位老新聞工作者說，這個地方除有梁祝墓之外，還有梁山伯廟。鄞縣鄉間還流傳有「若要夫妻同到老，梁山伯廟裡到一到」的俗語，廟中香火還很盛。

　　1997年7月，寧波的梁山伯廟出土一座晉代墓葬，墓的位置、規格和隨葬器物與志書記載的梁山伯鄞縣縣令身分和埋葬地相吻合，被認為是可信的實物資料。著名作家張恨水在創作長篇小說《梁山伯與祝英台》時，曾根據民間傳說，考證出10處起源地：浙江寧波、江蘇宜興、山東曲阜、甘肅清水、安徽舒城、河北河間、山東嘉祥、江蘇江都、山西蒲州、江蘇蘇州。有關梁祝的古跡，目前已發現17處包括讀書處6個，墳墓10處，廟1座。

　　專家普遍認為，梁祝讀書處是受梁祝傳說的影響後形成的，不能反證其源頭。如果大膽假設，梁祝故事會

不會本是編撰，但由於這一悲劇感人至深、代代相傳，後人才信以為真的而寫入志書呢？如果說，梁祝婚姻被殘酷葬送具有強烈的悲劇意義，那麼它的「化蝶」結尾便富有積極意義。活著追求不到的東西，在死後繼續「追求」，終於得到。

　　「化蝶」的結局，正是日益厚積，衝擊封建禮教的強烈社會心理的生動反映。千百年來，這種結局鼓舞著人們對一切頑固封建勢力作頑強的抗爭。總之，梁祝故事傳說中還有一些謎，需要破解。但無論如何梁祝故事早已深入人心，成為堅貞不屈、為愛而獻身的光輝典範。這個感人的故事必將永遠流傳下去！

【話說歷史】

　　英台被迫出嫁時，繞道去梁山伯墓前祭奠，在祝英台哀慟感應下，風雨雷電大作，墳墓爆裂，英台翩然躍入墳中，墓覆合攏，風停雨霽，彩虹高懸，梁祝化為蝴蝶，在人間蹁躚飛舞。

# 水陸法會奠定了取經路：
## 《西遊記》之謎

《西遊記》的故事家喻戶曉，從表面上來看，講的是唐僧取經，師徒四人不畏艱險戰勝困難，終成正果。人們從《西遊記》中看不到看不到佛家的善惡相報，同樣的，也無道家的清靜無為。人們所能看到的只有鬥法，反抗，奮力，掙扎，充滿了往目標前進的張力。因此，人們可以十分肯定地說《西遊記》講的是「造化」的故事，講的是「造化如何弄人」的故事，既沒有宣傳道家，也沒有弘揚佛法。

《西遊記》講的是唐僧取經。唐太宗辦水陸法會，要選舉一名有大德行的人來做壇主主持人，眾人選舉出了陳玄奘法師。

「德行又高」，這從哪說起呢？看不出來，作者只說「這個人自幼為僧，出娘胎，就持齋受戒。」可以看出來的是：陳玄奘這個人很單純。

　　《西遊記》中最大的祕密是唐玄奘的身世。陳光蕊中了狀元，跨馬遊街，遇丞相之女殷溫嬌打繡球招親，恰好打著光蕊的烏紗帽。

　　當晚就拜了堂，入了房。陳光蕊與小姐結婚的那天晚上，丞相吩咐安排酒席，歡飲一宵。二人同攜素手，共入蘭房。次日五更三點，太宗命光蕊為江州州主，即令收拾起身，勿誤限期。光蕊謝恩出朝，回相府，攜妻前往。

　　路上，「光蕊便道回家」。可見陳光蕊的家住在京城與江州之間，因為是順路，便道，所以陳光蕊順便接老母一同上任。母親張氏大喜，當日即行。

　　《西遊記》第37回，三藏道：當時我父曾被水賊傷生，我母被水賊欺占，經三個月，分娩了我。我在水中逃了性命，幸金山寺恩師救養成人。可見，唐僧的母親在結婚前已經有孕是事實。

　　菩薩送來兩件寶物「錦斕袈裟，九環錫杖」，玄奘遂將袈裟抖開，披在身上，手持錫杖，侍立階前。待玄奘穿了袈裟，持了寶杖，太宗又賜他兩隊儀從，著多官送出朝門，教他上大街行道，往寺裡去，就如中狀元誇

官的一般。君臣個個欣然，文武人人喝彩。玄奘直至寺裡，僧人下榻來迎。

　　玄奘上殿，炷香禮佛，又對眾感述聖恩不已。一見他披此袈裟，執此錫杖，都道是地藏王來了，都誠心歸依，侍於左右。

　　唐太宗要這個「經」究竟想幹什麼？這場水陸法會，從全國各地海選出一千二百名高僧，聚集到長安化生寺，打造禪榻，裝修功德，整理音樂，分派上中下三堂。

　　由陳玄奘大闡法師，開演諸品妙經。太宗及文武皇親國戚，俱至期赴會，拈香聽講。

　　這麼大的場面，能不能超度以前枉死的孤魂野鬼？不確定，但可以肯定的是：以身作則，帶頭行善，勸化全天下的人都來信佛行善，不作惡不危害大唐。意義還得從「唐太宗地府還魂」說起。

　　皇帝唐太宗死了則不同，是閻羅殿的大管家崔判官親自跑來接的。普通人死了，都是由勾魂使者，黑白無常，牛頭馬面之類的角色拿腳鐐手銬把你強拉硬扯去的。

　　閻王有請在先，崔判官是在得到消息後搶了先。到了陰曹地府，唐太宗首先遇到的是他父皇李淵，然後是哥李建成，弟李元吉，那建成、元吉上來就扭打索命。幸有崔判官喚一青面獠牙鬼使，喝退了建成、元吉，太宗方得脫身而去。

　　閻王，共計有十殿閻王。十殿閻王對殺人如麻的唐太宗沒有絲毫的客氣。秦廣王說：「急取簿子來，看陛下陽壽天祿該有多長？」崔判官急轉司房，將天下萬國國王天祿總簿，逐一檢閱，只見大唐太宗皇帝註定貞觀一十三年。

　　崔判官急取濃墨大筆，將「一」字上添了兩畫，將簿子呈上。十王看時，太宗名下註定三十三年，閻王驚問：「陛下登基多少年了？」

　　太宗道：「朕即位，今一十三年了。」

　　閻王道：「陛下寬心勿慮，還有二十年陽壽。此一來已是對案明白，請返本還陽。」十閻王差崔判官、朱太尉二人，送太宗還魂。順便帶著唐太宗參觀了一次地府。到了十八層地獄，一個個被緊綁牢栓，被打得皺眉苦面血淋淋，叫地叫天無救應。

　　太宗心中很害怕，又覺得他們很慘。過了奈何橋到枉死城，太宗聽到了無數慘叫，心驚膽戰。見一夥拖腰折臂、有足無頭的鬼魅，上前攔住，都叫道：「還我命來，還我命來！」

　　慌得那太宗藏藏躲躲，判官道：「陛下，那些人盡是枉死的冤孽，無收無管，不得超生，又無錢鈔盤纏，都是孤寒餓鬼。陛下得些錢鈔與他，才能救你。」太宗空身到此，那裡有錢？便立一約，借得金銀一庫，著太尉盡行給散。

　　眾鬼聽到這番話，得了金銀，俱唯唯而退。判官送唐王直到超生貴道門，判官臨走前對唐太宗說：「陛下到陽間，千萬做個水陸大會，超度那無主的冤魂，切勿忘了。若是陰司裡無抱怨之聲，陽世間方得享太平之慶。凡百不善之處，俱可一一改過，普諭世人為善，管教你後代綿長，江山永固。」

　　唐王一一準奏，辭了判官，脫了陰司，回到陽間。開始出榜招僧，修建水陸大會，超度冥府孤魂。

　　唐太宗辦水陸法會，從本意上講，並不是要弘揚佛法，而是要達到他個人的兩個目的：超度以前枉死在他

手上的無數孤魂野鬼，透過辦這個水陸法會，以前所行的種種惡，就改了，就沒有了；以身作則，帶頭行善，勸化全天下的人都來行善，不要作惡。辦了這個水陸法會，就能保後代綿長，江山永固。

【話說歷史】

　　這真經只有一個功能作用，很簡單，就是「能超鬼出群」。怎樣「超」呢？能解能消，能和解的和解，不能和解的消滅。他要徹底地把這些枉死的孤魂野鬼都弄走。

## 精忠報國：
## 岳母刺字是真的嗎

　　岳母刺字是在民間流傳已久，且極富教育意義的故事。但是岳母刺字的故事，歷史上卻查無依據。宋人的筆記和野史均無記載，包括岳飛的曾孫岳珂所著的《金陀萃編》也沒有記錄。

　　岳母刺字始見於元人所編的《宋史本傳》，書云：「初命何鑄鞫之，飛裂裳，以背示鑄，有『盡忠報國』四大字，深入膚理。」但書中未註明此四字出自岳母之手。無奈的是，岳飛孫岳珂所著的《鄂王行實編年》中就根本沒有記述此事。

　　至明代中葉，岳飛的故事開始廣為流傳。成化年間創作的《精忠記》，也僅提及岳飛背脊有「赤心救國」字樣。在嘉靖三十一年（1552年）熊大本的《武穆精忠傳》記有岳飛見湯陰家鄉有人因生活所迫，聚嘯山林，為自勉和勉人，乃去錢請工匠在背上深刺「盡忠報國」

四字。明末，由李梅草創，馮夢龍改定的《精忠旗傳
奇》，內稱：「史言飛背有『精忠報國』四大字，系飛
令張憲所刺。」

　　如若這樣，「精忠報國」是岳飛成為大將後，命部
將張憲刺的。岳母雖是位普通農婦，卻是深明大義，僅
就此段記事而論，也足以令人崇敬。

　　關於岳飛背刺「盡忠報國」四大字的原始記錄，
則見於《宋史》卷380《何鑄傳》，乃是在審問岳飛之
際：「飛袒而示之背，背有舊涅「盡忠報國」四大字，
深入膚理。」岳飛出身普通的農民之家，他的母親姚氏
只是一個普通的家庭婦女。

　　在宋代，普通的家庭婦女是沒有受教育機會的，所
以他的母親絕對是不會刺字的。而且紋身刺字是一門很
專業的特技，需有嚴格的操作程式和技巧，絕非一般常
人所能。岳母乃一家庭婦女，不可能具有這種技藝，因
此可以肯定的說，這「盡忠報國」四個字絕非是岳飛的
母親姚氏所刺，而是另有其人。

　　上引兩條最原始的記載當然不能提供岳母刺字的證
明。從情理上推斷，岳母作為一個普通農婦，一般只怕

不認字，而當時的刺字是一項專門的手藝。

即使以古代演義小說或戲曲而論，被編入《全元戲曲》卷11的《岳飛破虜東窗記》，據編者分析，其中有明人修改的痕跡。明嘉靖刊本的《大宋中興演義》中也還是沒有岳母刺字的故事，以上數例反映在元明時代，大致還沒有岳母刺字的故事流傳。

「岳母刺字」，最早見於清乾隆年間，杭州錢彩評《精忠說岳》，該書第22回，回目「結義盟王佐假名，刺精忠岳母訓子。」內容為，岳飛不受楊麼的使者王佐之聘，其母恐日後還有不肖之徒前來勾引岳飛，倘若一時失察受惑，做出不忠之事，英名就會毀於一旦。於是禱告上蒼神靈和祖宗，在岳飛背上刺了「精忠報國」四字。

該書敘述岳母刺字時，先在岳飛脊背上，用毛筆書寫，再用繡花針刺就，然後塗以醋墨，使永不褪色。描述得具體而詳細。但有些學者認為，紋身刺字是一門特技，有嚴格的操作程式和技巧，絕非一般常人所能。岳母乃家庭婦女，不可能具有這種技藝，顯然是作者按照元、明有些傳記中有岳飛背上刺字的記敘，加以想像發

揮，藝術加工構造的。

　　據《宋史·岳飛傳》記載，當岳飛蒙受不白之冤的時候，是當時的大理寺官員何鑄審理他的案子。面對他們的欲加之罪，岳飛十分氣憤，撕開自己的衣襟，露出了刺在他後背上的四個大字「盡忠報國」，何鑄見其字早已深深嵌入肌膚，十分醒目。

　　岳飛背上刺字是毫無疑問的，而且刺的四個大字並非「精忠報國」，而是「盡忠報國。」儘管是一字之差，但是從字面上也不難看出其含義上的差異。那麼後世人為什麼會把「盡忠報國」傳為「精忠報國」，這是有著它的歷史根源的。

　　由此可見，岳母刺字的傳說大致流傳了約四百年，在此之前，並無此種傳說。可驚歎者，是一位號稱「史學家」的先生批評說：「至於梁紅玉、岳母刺字全不見於宋代史籍，請王先生再讀《宋史》。」

　　把傳說訛為歷史，如果是沒有史學修養者，尚有可說，而一位號稱「史學家」的先生出此奇語，人們不禁產生疑問，他到底對現代史學算得上入門？

　　史學研究的特點，無非是其實證性，只有實證，才

能客觀，在客觀的基礎上，才能公正。史實本身是客觀的存在，但成文的歷史、文物之類卻不可避免地出現各種各樣背景的篡改和偽託。

欲實證就離不開考證，考證是史學家必須具備的基本功，其要領之一即是祛偽求真。大致自上世紀「古史辨」的討論開展以來，這已成為現代史學的淺顯道理和共識。只需看一下現實生活中層出不窮的弄虛作假，包括偽科學的炮製，即可知分辨真偽，勢在必行，否則就談不上科學研究。

## 【話說歷史】

「岳母刺字」的價值、寓意已在老百姓心中豎起了一座豐碑，已經成為人們民族精神財富的一部分，不容捨棄，不容抹殺，不容玷污。「岳母刺字」，已成為中華民族母教的經典。

## 杭州「八卦田」：
## 是南宋籍田還是郊壇

　　八卦田位於杭州西湖風景區東南側的玉皇山南麓，
又稱「八丘田」，上面種著八種不同的莊稼，一年四
季，八種莊稼呈現出不同的顏色。在八卦田中心，有個
圓圓的土墩，那就是半陰半陽的太極圖。

　　據考證，古時杭州八卦田種植的共有九種農作物：
大豆、小豆、大麥、小麥、稻、粟（小米）、糯（糯
稻）、黍和稷，前七種現在都能找到，可歷史上關於黍
和稷兩種農作物的爭論非常多，有的記載稱黍和稷是同
一品種，有的稱稷可能是紅高粱，也可能是小米。

　　八卦田的種植區域主要分為環核心區、中心區和週
邊區三塊。核心是八卦中心的陰陽太極圖，以保留遺址
為主，補種一些植物，如四季桂、石楠和紅葉李等。

　　傳說，這八卦田是南宋年間開闢的「籍田」。當初
南宋皇帝丟了京城來到杭州時，曾經為了給杭州的老百

姓留個好印象，特地用牛皮帳篷圍了一塊八卦形的地，說是皇帝親自耕種，與庶民共嘗甘苦。

沒幾天，在玉皇山下，果然開出一塊籍田。旁邊，整整齊齊地打下八個大樁，豎起八根粗柱子，柱子與柱子之間，張起厚厚的牛皮帷幕──因為皇帝在裡面耕田種地，平民百姓是不許偷看的。

過了一些日子，牛皮帷幕揭開了。裡面共有八丘田地，種著稻、麥、黍、稷、豆……八種莊稼。其實，這錦衣玉食的皇帝怎麼會自己動手，都是讓小太監種地，他和妃子在一旁乘涼。哪曉得這種情形被一個種莊稼的老漢偷偷看到了，坊間紛紛傳開，那皇帝見把戲被戳穿了，也就不再耕作。

據《西湖遊覽志》記載：「南山勝跡中有宋藉田，在天龍寺下，中阜規圓，環以溝塍(ㄔㄥˊ)，作八卦狀，俗稱九宮八卦田，至今不紊。」

南宋紹興十三年(1143)正月，宋高宗趙構為表示對農事的尊重和對豐收的祈禱，採納了禮部官員的提議，開闢籍田於國都南郊(即目前的八卦田遺址處)，在每年春耕開犁時，皇親率文武百官到此行「籍禮」，執犁三

推一撥，以祭先農。

那麼杭州八卦田究竟是什麼遺址呢？一些辭書，如《中國名勝詞典》、《中國歷史文化名城詞典》和《中國歷史文化名城旅遊大全》等，均認為八卦田為南宋「籍田」，其中《中國歷史文化名城旅遊大全》一書所說最為詳備。

八卦田，現存罕見的古代帝王籍田。位於杭州玉皇山南麓。田分八角，狀如八卦。俗稱九宮八卦田，相傳是南宋籍田的遺跡。籍田，亦稱藉田，是中國古代天子、諸侯徵用民力所耕之地，相傳天子籍田千畝，諸侯百畝。每逢春耕前，天子率文武百官到籍田上行籍禮，執耒耜(ㄌㄟˇ　ㄙˋ)三推或一拔，這是古代封建統治者重視農業生產的一種表示。南宋歷朝君臣均在這裡舉行籍禮。

明朝高濂《四時幽賞錄‧八卦田看菜花》云：「宋之籍田，以八卦爻畫溝塍圜布成象，迄今猶然。春時，菜花叢開，自天真高嶺（玉皇山分支）遙望，黃金作垞，碧玉為疇，江波搖動，恍自河洛圖中分佈陰陽爻象，海天空闊，極目杳然，更多象外意念。」因此，八

卦田就是南宋「籍田」之說，似乎已成定論。

　　然而，八卦田是否是南宋的「籍田」，卻大可懷疑，據《咸淳臨安志》卷三《行在所錄》：郊丘，在喜會門外南四里龍華寺，西大殿曰「端誠」，寢殿曰「熙成。」其外為泰禋門。隆興三年（1165），以寢殿在淨明寺，去青城稍遠，仍徙舊熙成殿於端誠殿後。

　　宋籍田，在嘉會門外玉津園之南。紹興七年（1137），因太常博士黃積厚言，建壇享先農神農氏，以後稷氏配。十六年（1146）正月，親饗先農壇，禮畢，行躬籍。自是歲禮於此。有思文殿、御耕位、親耕耘。

　　《夢粱錄》卷十四《祠祭》云：「郊祀在嘉會門外三里淨明院左右，春首上辛祈谷，四月夏雩、冬至冬極，皆郊壇行郊，惟九月秋饗，不壇而屋，設位於淨明齋宮。」藉田先農壇，在玉津園角，祀神農氏，配以後稷氏，以歲時祀之。

　　從宋人的經典書籍中，並沒有關於「八卦田」名稱的記載。只有「郊丘」和「籍田」的記載。

　　郊丘，即郊壇，是皇帝祭天的地方，因其形狀呈圓形，「丘圓而高，以象天也」，故天稱圓丘、圓壇。郊

祭之禮，約起於秦漢或更早，是祭祀天地、祖宗和一切神靈的總祭祀，為求國運昌隆，皇權永固。重陽佳節，秋高氣爽，是中國人民的傳統節日，三年一次的皇帝郊祭就在這一天舉行。

籍田，是皇帝的御田，宋時置令一員，「徙先農壇於中，神倉於東南，取卒之知田者為籍田兵」（《宋史》）。

考籍田，其原意在於「為籍千畝，以教導民。」

祭祀時，皇帝執耜，在籍田上三推或一拔，稱為「籍禮」，意為皇帝親自耕作「為天下先」，以示對農業的重視。因此，「郊壇」和「籍田」，是兩個不同含義的祭祀場所。

人們從宋人的記載中得知，南宋時「郊壇」和「籍田」是在臨安兩個不同的地方。「郊壇」在嘉會門外四里龍華寺；而「籍田」卻在「嘉會門外玉津園之南。」

對照《咸淳臨安志》的南宋《皇城圖》，「郊壇」和「籍田」的地理位置一目了然。

宋郊壇在臨安西南，沿城西過包家山、龍華寺，則為郊台，即今「八卦田」所在處；宋籍田在臨安東南，

出嘉會門直南，過教駿營、車輅院、玉津園，在今洋泮橋和海月橋之間。

　　人們從南宋《皇城圖》中見「郊壇」圖示旁有慈雲嶺、淨明寺、天華寺等地名，說明郊壇在玉皇山南麓之八卦田處。而「藉田園」三字地名，位於鴻雁池和玉津園之間。

　　「郊壇」、「籍田」，昭然明白：即八卦田為宋郊壇，而宋籍田則在今洋泮橋側。

## 【話說歷史】

　　不管杭州的「八卦田」是南宋郊壇還是籍田，它都是中華歷史遺跡的一部分，十分寶貴，具有重要的歷史研究價值，值得好好保護。

# 紙幣「會子」：
## 始於南宋還是北宋

南宋時期通行的「會子」印樣，名為「行在會子庫。」「行在會子庫」中的「行在」，指的是當時的首都南宋會子。

臨安，即今之杭州；會子庫即原會子務，是主管會子的機構。該版現藏中國歷史博物館，為銅質版材，豎長方形版面，長17.4公分，寬11.8公分。

版面正中橫書「行在會子庫」五個大字。上部左邊刻「大壹貫文省」，右邊刻「第壹佰拾料」，中間方框內刻有「敕偽造會子犯人處斬，賞錢壹阡貫。如不原支賞，與補進義校尉。若徒中及窩藏之家能自告首，特與免罪，亦支上件賞錢，或願補前項名目者聽」五十六個字。印版下方為山泉花紋圖案

中國的紙幣始於北宋，宋朝的統一，消除了封建割據，為商業交通的進一步發展，提供了條件。隨著經濟

的發達，商業的繁榮，需要大量的貨幣流通。北宋每年鑄造大量的銅、鐵錢，仍不能滿足社會日益增長的需要。

起初，在川陝一帶使用鐵錢，但鐵錢分量重而價值賤，小錢每十貫，重5斤，折大錢一貫，重12斤，街市買賣，至三、五貫文，即難以攜帶。商販，尤其是大商人，甚感不便，客觀上需要一種容易攜帶的輕便的貨幣。於是就產生了「交子」。

宋仁宗天聖二年(1024年)設交子務於益州，由國家發行交子，這是世界上最早的紙幣。規定每界(期)發行額為12,557,340貫，準備金為37萬貫。交子以三年為一界，當界滿時，製造新交子，調換舊交子，而不換的舊交子，就成為一文不值的廢紙。交子的發行數額不大，因此，在北宋時期並未產生較大的通貨膨脹現象，市場物價亦相對穩定。

到南宋時，紙幣發展進入了一個新的階段。由於銅料不足，鼓鑄日媳，鑄錢大量減少。同時，由於大量銅錢被富商銷毀，鑄成銅器，獲取厚利。而許多豪富之家，也皆「以積錢相尚，多者至累百萬，而少者亦不下

數十萬緡。」

　　有的銅錢被偷運到北方金朝統治地區，更有許多銅錢被偷運到高麗、日本及東南亞國家。於是社會上銅錢缺少，發生錢荒。紙幣就應運而生，會子在各地廣泛流通。

　　眾學者都認為中國最早的紙幣是北宋發行的交子，到南宋時流通的紙是會子。而許多代表性的歷史著作，也都持這種觀點，並認為「北宋時交子只在部分地區行使，南宋的紙幣交子和會子在各地廣泛流通。」學者指出會子產生的原因是：「南寧境內發生嚴重的錢荒。」於是杭州的豪右便「私置便錢符子」，作為輕貨幣在市場上流通，以彌補銅錢流通量的不足，名稱叫做便錢會子。

　　「後來錢處和主持臨安府，才收回官營。其後錢處和調為戶部侍郎，於是由戶部接辦。」時間是宋高宗紹興三十年(1170年)。「起初只通行於兩浙，後來通行到淮浙湖北京西等區，納稅和交易，多可使用。幾乎成了一種法幣。」由此可見，紙幣會子，在南宋的統治區，成了與銅錢並行流通一種輕貨幣。

會子的面額分為四種，最初以一貫為一會，後來增發二百文、三百文及五百文三種，以在三年為一界。從以上所引各種著作來看，中國的紙幣最早是北宋的交子與南宋的會子，是中國最早的貨幣，似乎已成定論。

嵩撰文《北宋的會子》一文提出新的論點。認為「會子在北宋末年已經出現並使用，行用的地點主要在首都東京(開封)，也包括東京以外的一些地方。」

他據《宋會要輯稿・刑法・禁法》記載：「(政和三年)十月一日，尚書省言，訪聞諸色人多將京城內私下寄附錢、物、會子之類，出城及於諸處行使，有害鈔法，詔：寄附錢，會子輒出新城外行用者，徒二年，許人告，賞錢以會子所會錢賞之。」作者認為這段重要的經濟史料，因用法律禁約的形式，記入刑法類，而為治經濟史者所難見，故往往被忽略過去。

作者認為當時東京已首先出現了會子所及會子。這些會子在東京新城以內是政府允許行用的。而「諸色人」將會子帶到城外甚至「諸處」使用，有損於官鈔法的利益，因而受到禁止。

石激起千層浪。由於這段史料被發現，傳統的看法，

受到了衝擊。因而使會子的出現，究竟是始於南宋，還是源於北宋，有待於研究中國古代或中國貨幣史的學者、專家，作進一步的探討。


【話說歷史】

　　無論會子是產生於南宋還是北宋，它都是中國紙幣歷史上一意義重大的分界點。關於會子的歷史，還有待於有關專家仔細探討。

## 陸遊與唐婉：
# 裙帶關係之謎

　　陸遊，南宋著名愛國詩人，自言「六十年間萬首詩」，今尚存九千三百餘首，是中國現有存詩最多的詩人，生前就有「小李白」的美譽。他的一生遭受了太多的打擊，仕途上遭受當權派的排擠、愛情上也讓世人留下了一聲歎息。

　　唐婉，字蕙仙，生卒年月不詳。她是陸遊的第一任妻子，後因陸母的原因，兩人被迫分離。

　　關於陸遊與唐婉是否是表兄妹？學界一直也是爭論不休，莫衷一是。

　　野史：《齊東野語》記述：「陸務觀初娶唐氏，閎之女也，於其母夫人為姑姪。」

　　《後村詩話續集》、《耆舊續聞》亦有關於二人關係的記載，大致結論就是，陸遊的母親和唐婉的父親是兄妹，也就肯定了陸遊、唐婉的表兄妹關係。

　　但從《寶慶續會稽志》裡人們可以查證：唐婉祖籍
的山陰，唐婉的父親唐閎、爺爺唐翊。

　　但陸母是唐介的孫女，祖籍江陵。兩地相隔較遠，
況且兩家並無宗親關係，所以陸遊和唐婉並不是表兄妹
關係。

　　人們可以從陸遊的《渭南文集‧跋唐修撰手簡》、
《宋史‧唐介傳》以及王珪《華陽集‧唐質肅公介墓誌
銘》找到一些線索。

　　陸母是江陵唐氏，陸母的爺爺是北宋三朝元老，所
以唐介以下都有正史記載，唐介的孫子名字都是以下
半從「心」字命名，即懋、愿、恕、意、愚，並沒有
「心」的唐閎，也就是說，唐閎並不是唐婉的父親，那
麼表兄妹的關係就無從談起了。

　　在劉克莊的《後村詩話》有這樣的記述：「某氏改
適某官，與陸氏有中外。」意思是指唐婉與陸遊被拆散
後，嫁給一個叫趙士程的人。這個趙士程和陸家有親
戚。

　　從陸遊的《渭南文集‧跋唐昭宗賜錢武肅王鐵券
文》、王明清《揮後錄》以及《宋史‧宗室世系、宗室

列傳、公主列傳》中，人們可以得到，陸遊的姨母唐氏是宋仁宗女兒秦魯國大長公主的兒媳，趙士程是秦魯國大長公主的侄孫，所以表兄妹之說實屬訛傳。

人們可以仔細地分析，陸遊和唐婉確實是從小一起長大、而且是青梅竹馬，既然從小一起長大，感情固然深厚，那麼在封建社會一個女子要在別人家長大，不可能沒有任何關係？就像林黛玉進大觀園一樣。那麼可以推出一個結論，陸家和唐家必定是有一定關係的，那麼表兄妹之說也就有其成立的可能性了。

另外，從陸遊的晚年的詩作《劍南詩稿》卷十四中，人們可以得到導致陸唐二人分離的原因是唐婉不能生育。這裡也有情理不通的地方，不能生育可以納妾，為何非要弄的生離死別。

這樣也從另一個側面反映了唐婉可能不是陸母的侄女，因此表兄妹之說又陷入泥潭。

「世情薄，人情惡，雨送黃昏花易落；曉風乾，淚痕殘⋯⋯」

這是唐婉的《釵頭鳳》中可以反映出，唐婉在橫遭不幸的時候說了句「世情薄，人情惡」，這是否從另一

個側面反映了表兄妹之說純屬子虛烏有。

陸遊生性豪放，如若和唐婉從小一起長大，在其詩詞中必有可查之作，但人們沒有找到這樣的詩篇，但也不能否定什麼。

【話說歷史】

在這裡大致把各種關於「陸遊與唐婉是否是表兄妹」的說法概括於此，不論野史正史，人們考據的是論證的合理性和歷史的真實性，不可偏頗其一，也不可全信，讀者斟酌之。

# 抬棺上疏：
# 海瑞為何沒有被嘉靖所殺

嘉靖年間，海瑞抬棺上疏，直言進諫。「抬棺上疏」是後人對海瑞冒死進諫的嘆服之詞，雖有些許誇張，但也不算過分。歷代王朝，多的是直言進諫之忠臣良將，為何獨海瑞上疏而名聲大噪？不得不從嘉靖皇帝的獨斷專橫說起。

嘉靖皇帝朱厚熜，本為藩王長子。1521年，明武宗朱厚照染病身亡，膝下無子，也無兄弟，於是身為武宗堂弟的朱厚熜被群臣迎接至京師，登基為帝。

即位後，嘉靖皇帝想追封親生父親興獻王為皇帝，而眾大臣卻堅持認為嘉靖皇帝應過繼到明孝宗膝下，以保證嫡系即位的正統不受歪曲。

一邊是至高無上的皇帝，一邊是維護正統的群臣，誰也不肯做出讓步。嘉靖三年，吏部侍郎何夢春、修撰楊慎帶領200多名朝臣冒死進諫，長跪左順門下嚎哭不

起。嘉靖皇帝不僅不為所動，反而令侍衛將群臣逮捕，施以廷杖之刑，更將18人杖死，毫不留情。

嘉靖在位期間，直諫敢言之臣不是被殺就是被貶，剩下的，盡是敢怒不敢言之輩。如此一來，海瑞的大膽進諫就成了非常時期的非常之事。

嘉靖四十三年，海瑞任戶部主事。他對嘉靖時期的「君道不正，臣職不明」深感憂慮。

當時的嘉靖皇帝已經二十多年不上朝，整天深居西苑不出，齋醮玄修，妄求長生不老。海瑞憂國憂民，眼看國力日衰，不得不冒死向皇帝呈上《治安疏》，直言不諱地批評嘉靖皇帝迷信道教，大興土木，竭盡民脂民膏；不視朝政，以至法紀廢弛；聽信道士妖言，不與皇子們相見，以至父子之情淡薄；在西苑深居不回宮城，導致夫婦之情淡漠；正是這些荒唐的舉止，導致「天下不直陛下久矣！」

海瑞果然膽識過人。面對如此蠻橫的皇帝，語氣稍重都得提心吊膽，更何況句句鏗鏘，言之鑿鑿，直指皇帝的為政弊端？就連海瑞自己也預計到上疏之後難逃一死，事先安排好了後事。然而，結果卻出人意料。雖然

嘉靖皇帝看後勃然大怒，命隨侍的宦官「趣執之，無使得遁」，然而在得知「此人素有癡名。聞其上疏時，自知觸忤當死，市一棺，訣妻子，待罪於朝，童僕亦奔散無留者，是不遁也」之後，嘉靖皇帝沉默良久，拿起奏疏反復閱讀。最終只將海瑞關押入獄，並未執行死決。

對於嘉靖皇帝沒有立斬海瑞的原因，後人做出了不少推測。

一說海瑞官職雖小，卻有清正剛直之名。其居官清廉，剛直不阿，救濟黎民，有「海青天」之稱，深得百姓尊敬與愛戴。若殺海瑞，則天下震動。

二說嘉靖皇帝欣賞海瑞，認為可以「以作治貪之利器」。

三說嘉靖為向天下人展示其虛懷納諫、寬宏大量帝王氣量，故放海瑞一條生路。

當然，也有人另闢蹊徑，從《治安疏》中尋找答案。海瑞上疏，開篇即將嘉靖皇帝比為漢文帝，更言「陛下天資英斷，過漢文遠甚。」

在此前提下，才開始列舉當今朝政之弊端，並將弊端之源歸於「陛下誤舉之，而諸侯誤順之，無一人肯為

陛下正言者，諂之甚也。」

　　盡顯「皇帝英明」而罪在他人之意。尤其是奏疏的結尾，海瑞又將嘉靖皇帝與「堯、舜、禹、湯、文、武」並列，只要「陛下一振作間而已」，則「天下何憂不治」？如斯諫言，只要有機會讓皇帝靜心細讀，便能體會其中的用心良苦，可免殺身之禍。這正是海瑞的過人之處。

## 【話說歷史】

　　上疏之事，讓海瑞天下聞名，流芳千古。史說「上自九重，下及薄海內外，無不知有海主事也。」值得一提的是，海瑞入獄不到兩個月，嘉靖皇帝駕崩，新君即位後便下詔釋放海瑞。

# 夢在落櫻繽紛處：
# 「桃花源」身在何處

　　「桃花源」一詞，成了詩人們理想的世界，如同世外仙境，不可企及。而給了天下人「桃源」夢想的，正是東晉大詩人陶淵明，他的一篇千古名文《桃花源記》(為其詩《桃花源》之序)，叫世人對「桃花源」念念不忘。

　　陶淵明的筆下，桃花源在武陵（今湖南常德）溪水盡頭的一處山石另一邊，穿過石縫，世外桃源映入眼簾。這裡土地平曠，房屋整齊，黃髮垂髫，怡然自樂，好不快活。

　　居住在此處的人不知道秦以後有過漢朝，漢朝以後又有晉朝，誤闖入的漁人在這裡住了幾天，不得不回家。等到要找桃花源時，就再也找不到了。

　　根據陶淵明所說，桃花源應是在武陵的某處，並且不止他一人這樣說。

南朝蕭齊武陵人黃閔、蕭梁時的武陵人伍安貧都曾寫過文章講述武陵的確曾出現過一個漁人，發現了一處桃花源。

那麼，依照以上說法，桃花源就坐落在武陵，並且晉代就有。可是，根據北朝地理學家酈道元的《水經注》記載，沅水流經沅南縣沒有桃花源這樣的流經地，所以桃花源在晉代並不存在，因而黃閔和伍安貧講述的武陵桃花源，並非陶淵明口中的桃花源。

那麼，陶淵明的「桃花源」究竟在哪裡呢？有人認為，陶淵明家鄉廬山有一處山谷，地勢平坦，風景宜人，頗像《桃花源記》裡的桃花源。

此處還有姓陶的人家，其祖先確實是陶淵明。或許是陶淵明借此處的風光杜撰了武陵的桃源仙境。該說法雖然有實據，卻沒有史料能確認，所以只能作為一種推測。

桃花源是否真的就在武陵呢？以前從未有人懷疑，歷朝的著名文人都曾慕名到武陵遊訪，留下很多著名詩篇。

可是，中國近代歷史學者陳寅恪先生卻提出了質疑。

他說，較早記載入史冊的「桃花源」是古桃林，在古代北方的弘農或洛水上游一帶，《山海經·中山經》也有類似記載，相傳此處是周武王攻打殷商養牛的地方。

西晉末年，「戎狄」、「盜賊」等「恐怖組織」到處流竄，燒殺搶掠，為躲避前秦苻堅戎狄之患，人們不是依靠各路軍閥，就是躲避到山林之間，建造堡塢來據險自守。

據典籍上鎖記載，當時的塢堡多由「堆石布土」依險而築，古已有之。建立塢堡的條件必須是有山頂平原和溪谷水源。

中國現代歷史學家陳寅恪認為，陶淵明描述的世外桃源，生活環境與塢堡建築環境非常相似，其描述內容很像「檀山塢」。

「檀山塢」為宋武帝劉裕的大將戴延之佔據之地，位於洛水附近的檀山，此處有一個地方叫皇天原，皇天原附近有「桃林」，此處就是桃花源的原型。並認為，東晉的陶淵明《桃花源記》是虛構而來，其描述內容的原型應當是指洛水桃花塢，而桃園裡生存的人躲避的該是前秦之患，而非秦朝暴政。

　　蘇東坡也對桃花源在武陵一事表示質疑。蘇氏認為，如果桃花源真在武陵，早成了人們生死爭奪的場地，也不會這麼多年來都一直有人探尋而不得結果。

　　另有人認為，陶淵明筆下的「桃花源」在湖北十堰市竹山縣。竹山縣地處鄂西北山區，境內森林茂盛，地勢險峻。根據古書記載，只有竹山縣在千年以前名為武陵，在晉代時有過桃源村。從官渡鎮桃園村波漁溝乘小木船沿堵河（古稱武陵河）逆流而上，可見一座孤山，山背就是不足兩米寬的武陵峽口，兩邊是數百米高的絕壁，有一線之天。如同陶淵明所描寫的「山有小口，仿佛若有光。」順水而行，可到小武陵峽，這裡風景奇幽，有一個自然村落，即為桃源村。若按照景色的相似性，竹山縣的確像「桃花源」。

　　那麼，竹山縣就是桃源的正確位址了嗎？也不儘然。如今在中國各地，有三十多處景點都自詡為桃源，各有各得說法，但沒有一處能拿出真憑實據來證明自身就是陶淵明筆下的「桃花源」。

## 【話說歷史】

事實上，無論桃源身在何處，它的意義已經不只停留在物質層面上，而是進入到人們的內心。陶淵明真正塑造的，是人們心中的一塊清淨之地。

## 古代棉紡車之謎：
# 究竟有無五錠棉紡車

　　中國人約在戰國時期發明了紡車，而西方到西元
1280年才用紡車，比中國晚了一千一百多年。

　　很難想像，在工業革命已發生了二、三百年後的中
國，有數千年歷史的紡車直到改革開放前夕依然活躍在
許多農村。

　　它就像發生在昨天的一件往事，還存留在許多人的
記憶中，儘管它早已完成自己的歷史使命，退出了歷史
的舞臺，再難見蹤跡。

　　作為古代採用纖維材料如毛、棉、麻、絲等生產線
或紗的主要設備，紡車具體出現在什麼時代，目前還無
法確定。

　　關於紡車的文獻記載最早見於西漢揚雄（前53年—
西元18年）的《方言》一文中，揚雄稱其為「繀車」和
「道軌」。

　　最早的單錠紡車的圖像出現在漢代的石畫中。據考古發現，這樣的石畫不少於8塊。1956年出土的一幅漢代石畫，曾形象生動地刻畫了人們織布、紡紗和調絲的情景。這說明紡車已是那時相當普及的紡織工具，而紡車的出現應遠早於漢代。

　　據有關專家推測，最早的紡車——手搖單錠紡車出現在戰國時期，稱為軒車、緯車和繀車，由木架、錠子、繩輪和手柄4部分組成。不久，就出現了手搖多錠紡車以及腳踏紡車。腳踏紡車相對於手搖紡車，只多了一個腳踏裝置，它發明的最早時間還沒有確定，現在能見到的是西元四世紀中國東晉著名畫家顧愷之（約345年～406年）一幅畫上的腳踏三錠紡車。

　　後來在西元1313年，元代著名的農學家王幀在他所著的《農書》上也出現了三錠腳踏棉紡車和三錠、五錠腳踏麻紡車，證明了腳踏紡車從東晉以後一直都在使用。中國大約在宋元之際已經出現了五錠的腳踏紡車，這是科技史學者較為一致的看法。

　　但是，中國古代紡車可以分為絲麻紡車和棉紡車兩種。絲麻紡車實際上只是將長絲或績接成長條的麻縷加

拈合股，所以還稱不上是真正的紡紗。

棉花是短纖維，要紡成紗必須經過一個「牽引漸長」的過程，現代紡織工程學稱之為牽伸，牽伸過程可以用指縫夾持棉條來控制。由於一隻手有四個指縫，因此只能控制四個錠子。四錠以下的絲麻紡車，稍加變更就可用於棉紡；但是，五錠絲麻紡車要改為棉紡車就成為一個難題。中國古代到底有沒有五錠棉紡車呢？最早涉及這個問題的是明代的徐光啟。

他在《農政全書》中記述說：「（棉）紡車容三糸崔（即錠），今吳下猶用之。間有容四糸崔者。江西樂安至容五糸崔。往見樂安人於馮可大所道之。因托可轉索其器，未得。不知五糸崔向一手間何處安置也。」

徐光啟沒有親眼看到樂安的五錠綿紡車，搞不清楚這種紡車的牽伸過程是如何完成的，因而托馮可大去索取一台，但是沒有成功。

徐光啟治學嚴謹，馮可大也是一位有名的學者，上面那段記載是可信的，但留下一個難以解開的謎。

清人褚華在《木棉譜》中重新提出這個疑問：「善紡者能四糸崔三糸崔為常，兩糸崔為下，江西樂安人間

能五糸崔。往見四糸崔者已將棉條並執食指中，不知五糸崔又用何法？」不少近、現代學者甚至據此判斷中國古代根本沒有五錠棉紡車。

例如，有學者提出：「單人紡車的改良，始終沒有將棉紗的牽伸工藝由人手轉到機械上去，棉條既需人手來挾持，則一手絕不能挾持五線，足踏多錠紡車循這樣的途徑進步到四錠之多，可算已到了手工技術的絕頂了。」並說：「終明之世，這種紡車的裝置，似未超過三錠。」《中國紡織科學技術史（古代部分）》一書也認為：「江西樂安的五錠腳踏紡車是用來加拈麻縷等纖維的合線車，似不能用來紡棉紗。」

另有學者在《中國紡織科技史資料》第19集（1984年12月）上撰文提出了相反的意見。

他認為，否認中國古代五錠棉紡車存在者，都忽略了手工棉紡車上使用工具代替人手進行牽伸的可能。文章從某種較晚本子的《天工開物》上的一張五錠紡車插圖出發，結合王禎《農書》等其他文獻資料，作以下推斷：中國古代確實存在一種五錠棉紡車；這種棉紡車使用作出一種梳狀牽伸器代替人手；這種牽伸器是從宋元

五錠麻紡車上的導紗器發展變化而來的。

他曾做過簡化的模擬試驗。結果顯示用梳狀齒和左手配合對棉條進行牽伸是可行的。這個觀點得到了部分同行的贊成，其中包括《中國紡織科學技術史（古代部分）》的主要編寫者。

但是，由於資料的缺乏，文章對五錠綿紡車牽伸機構及工藝的描述帶有很大的假設成分。

中國古代五錠棉紡車的存在與否，也引起國外學者的關注。西德的庫恩博士和美國的華裔學者康超都對此表示過極大的興趣。這個問題的真相大白，將有待於新的有關文獻和實物的發現以及更深入的研究。


【話說歷史】

隨著現代機械的發展，古老的紡車早已退出了歷史的舞臺，但是，作為記載歷史的紡車永遠會被人們記住。且關於五錠棉紡車的存在與否也會一直吸引人們的關注。

## 對鏡貼花黃：
# 銅鏡開始使用的時間

銅鏡一般製成圓形或方形，其背面鑄銘文飾圖案，並陪鈕以穿繫，正面則以鉛錫磨礪光亮，可清晰照面。在古代，銅鏡與人們的日常生活有著密切關係，是人們不可缺少的生活用具。

銅鏡又是精美的工藝品，它製作精良，形態美觀，圖紋華麗，銘文豐富，是中國古代文化遺產中的瑰寶。鏡以秦為較古，然而秦鏡流傳到今天的，都是出土之物，傳世的都不可得到。因為古代，用鏡殉葬，取其照幽冥的意思，時代沿襲成為風氣。因此古代的名鏡大多入土。可是古鏡銅質好的，入土多年，都不會失去其良美的質地。因此幾千年後，仍可以看到古人高超的製作技藝。

銅鏡在中國文化中佔據了如此重要的位置，那麼它始於何時呢？至今尚無定論。不過，學術界普遍認為在

戰國時期就開始有銅鏡。

中國考古學界學者梁思永，30年代曾主持河南安陽侯家莊商墓的發掘，發現「圓形片」，背有鈕。梁思永推測它是銅鏡，但因孤證而被否定。1957年在河南陝縣上村嶺虢國墓中，發現中國較早的屬於西周晚期到春秋早期的3面銅鏡。70年代，在安陽小屯婦好墓內又發現4面銅鏡，形制與安陽侯家莊出土的相仿，於是證實了梁思永的論斷。

這樣，銅鏡的年代，就由戰國上推到3000年前的商代。隨著地下寶藏不斷被人們所發現，70年代，在甘肅省廣通縣齊家坪和青海省貴縣尕馬台發現了新石器時代晚期齊家文化教育的銅鏡，這樣中國銅鏡的歷史就提前到4000年前了。

中國銅鏡的鑄造，早期一般是素面無紋的。到戰國以後，多數鏡子的背面都有精美的裝飾圖案。每個時代有其特徵。如戰國鏡可分兩類：一種鏡身較厚實，邊沿平齊，用蟠虺紋為主題；另一種鏡身材料極薄，邊沿上卷，圖案花紋分兩層處理，一般是在精細地紋上再加各種主題浮雕，如山字形規矩紋等。

有的戰國銅鏡埋藏地下已有二千三、四百年，但保全完好出土時一點沒有生銹，鏡面墨光如漆，可以照人。根據西漢《淮南子》一書所述，是用「玄錫」作為反光塗料，再用細毛呢摩擦而成。後來的磨鏡藥是用水銀做成的，玄錫就是水銀。可見戰國時人們已掌握了燒煉水銀的新技術。當時銅鏡的製作，還有鎏金、金銀錯、鑲嵌等。

到漢代，銅鏡的應用範圍日益廣泛，圖案花紋也更加豐富。銅鏡開始普遍鑄有銘文，如「長宜子孫」、「長宜高官」等吉祥語。常見的花紋是蟠螭紋、星雲紋、四神規矩紋等。四神指蒼龍、白虎、朱雀、玄武的方位神。漢鏡銘文多為七言韻語，表示對人們平安幸福的祝願。如「尚方御鏡大毋傷，巧工刻之成文章，左龍右虎避不祥，朱雀玄武順陰陽……長保二親樂富昌，壽敝金石如侯王。」

西漢還有一種小型平邊鏡子，鏡身稍微厚實，用「見日之光，長毋相忘」八字作銘，每字之間用雲紋作圖案，反映了西漢時期，社會上已開始用鏡子作為男女之間愛情的表記，生前相互贈送，作為長久紀念；死後

驚訝程度100%！
你沒聽過的 歷史真相
Surprise! Surprise!
The Truth Underneath History

埋入墳墓，還是生死不忘。漢鏡中還有東王公、西王母、伍子胥等車馬人物鏡，採用浮雕手法，立體感很強。

西漢中期還創造出一種透光鏡，光線照在鏡面，卻能把鏡背的花紋，清晰地反映在牆上。這種透光鏡的現象，在1000年前的北宋科學家沈括著的《夢溪筆談》裡已有具體記述。但是為什麼能透光的原理，近代科學素稱發達的英國、日本等國，研究了一、二百年，始終未能成功，日本還稱這種銅鏡為魔鏡。

唐鏡和其他工藝一樣，反映了唐代經濟文化的繁榮昌盛，尤其是在唐玄宗開元、天寶全盛時期，銅鏡定為貢品。唐鏡中特別加工精美的金銀平脫花鳥鏡、嵌螺鈿鏡等多為此時產生。還有鍍金、貼銀、嵌玉等工藝。唐鏡除圓形方形外，大量出現葵花形、菱花形。唐鏡鏡身厚實，合金比例，銀錫成分增多，顏色淨白如銀。大的直徑超過1.2尺，小的僅如一般銀元大校並且創造出有柄鏡。題材紋飾反映了唐代文化昌盛與對外經濟交流的結果，圖案有寶相花、串枝葡萄、鳥獸蜂蝶等，融合了外來文化。由於統治者宣揚道教思想，神仙因之流行，

在唐鏡圖案中也得到了反映，如嫦娥奔月、真子飛霜、八卦鏡等。唐朝銅鏡的華麗圖案，在中國銅鏡工藝發展史上，達到了一個新的高峰。

安史之亂以後，唐朝趨於衰落，銅鏡鑄造也受到影響，從此一蹶不振。到南宋時，一般家常用鏡，多注重實用，而不尚花紋，通常多素背無紋。到清代乾隆以後，銅鏡逐漸被玻璃鏡所取代，從此銅鏡退出了歷史舞臺。

流傳至今較早的一幅晉朝大畫家顧愷之《女史箴圖》，繪有一女子在替一男子梳弄髮髻，前面鏡架上掛著一面銅鏡，鏡背佈滿花紋，中有鈕，鈕下有孔，可以緩帶懸掛。其旁是盛裝梳洗工具的漆奩(ㄌㄧㄢˊ)，這是至今流傳下來的中國最早使用銅鏡的繪畫，從中可以看出古代人們的社會風俗、服裝用具等等，給人以直觀的示範。

中國銅鏡的開始使用，建國前認為是在二千三四百年前的戰國時期。隨著中國考古事業的不斷發展，上推到3000多年前的商代。但也有人認為可以推到4000年前的新石器時代的齊家文化時期。而後一種說法不易被人

接受，認為證據還不夠充分。總之，銅鏡究竟何時使用，還有待於地下文物的不斷發現。

【話說歷史】

　　唐太宗李世民說：「以銅為鏡，可以正衣冠；以史為鏡，可以知興替；以人為鏡，可以明得失。」古代銅鏡除了作為照面飾容的工具之外，更濃縮著文化，見證著歷史

# 中國古玻璃「身世」之謎：
# 是否船來品

　　世界上關於玻璃的起源，有個美麗傳說：三千多年以前，地中海沿岸的貝魯斯河口旁，有一塊美麗的沙洲。

　　一天，一艘大商船滿載著大塊的天然蘇打（碳酸鈉）經過這裡，由於海水落潮，大商船在河口沙灘上擱淺了。沒辦法，船員們只好等著海水漲潮以後再啟程。船上的腓尼基人，一見眼前美麗的沙洲，都紛紛走下船來，興致勃勃地觀賞著地中海岸的風光。

　　中午，有個船員提議在河灘上做飯，舉行一次野餐。於是大家從船上搬來做飯的大鍋，又扛了幾塊天然蘇打，用蘇打支著鍋做起飯來。吃過飯，他們收拾好東西，準備回船了，一個船員突然驚訝地喊：「你們快看，這是什麼東西？閃閃發光，多好看！」

　　大家圍上來仔細看，只見那東西玲瓏剔透，晶瑩明

亮，真是誰都沒見過。原來，這沙灘上都是石英砂，在船員們燒火做飯的時候，支著鍋的天然蘇打在高溫下和石英砂發生了化學反應，變成了「玻璃」。

聰明的腓尼基人在無意中發現了這個祕密，就開始了玻璃的生產。腓尼基人用特製的爐子，把石英砂和蘇打一起熔化，煉出玻璃液。

最初，他們把玻璃液製成大大小小的玻璃球、玻璃珠子，運往世界各地。由於人們從來沒見過這樣圓溜溜、光閃閃的透亮珠子，都把這些玻璃珠看成寶貝，並用黃金或珠寶來換，於是腓尼基人發了大財。不久，腓尼基人製造玻璃的祕密被人洩露了。

埃及人首先用同樣的方法製出了玻璃，許多地方也都相繼製造成功。從此，玻璃生產得到了普遍的發展，玻璃的用途也越來越廣泛。腓尼基人發明了玻璃只是一個美麗的傳說。

現實中，人工製造玻璃，據考古學家證實，最早是在古代埃及，時間為西元前3000至4000年。那麼，中國玻璃是自製還是國外傳入的呢？

晉時著名煉丹家葛洪《抱樸子》說：「外國作水精

碗，實是合五種灰以作之。」晉書《玄中記》也記：「大秦國有五色頗黎，紅色最貴。」琉璃、水精、頗黎實是玻璃代稱。

魏太武時，大月氏商人到山西大同來傳授燒製玻璃的技術，這是外國人來華傳授玻璃技術的最早記載。隋唐以前，中國人常將玻璃視為珍寶。《漢武故事》、《梁四公子記》等，都記錄了上自帝王下至平民把玻璃看作奇珍異寶的情況。在中國古代的一些墓葬裡，時有玻璃製品出土，這無疑是作為寶物而隨葬的。據此，中外一些學者始終堅持中國玻璃外來說。

事實果真如此嗎？記西周穆王西游的《穆天子傳》，有「鑄石」的記事，可能是製玻璃之類。《淮南子》中說，「譬若中山之玉炊以爐炭，三日三夜，而色澤不變。」依常識可知，玉石不能燒，燒了不僅顏色會變，而且還會燒壞。只有顏色玻璃是可以燒了不褪色的。「中山之玉」當為玻璃無疑，可見，中國通西域以前，就會製造顏色玻璃了。

東漢王充的《論衡》中記載：「陽燧取火於天。五月丙午日中之時，燒煉五石，鑄以為器，磨礪生光，仰

以向日，則火來至……」意即取五種天然產品混合起來燒煉做成器具，經琢磨後就可用以向日取火。這器具便是玻璃凸透鏡，否則就不能在太陽光下取出火來。但中國製造玻璃究竟從何開始，目前尚有爭議。

根據考古發掘材料證實，中國最晚在3000多年前的西周時代就已經掌握了玻璃製造技術。1974年在河南洛陽一座西周早期墓葬中發現的白色料珠和1975年在陝西寶雞茹家弓魚夫墓中出土的上千件西周早中期的玻璃管、珠，經專家鑒定，它們是一種鉛鋇玻璃，這與西方的鈉鈣玻璃分屬兩個不同的玻璃系統。

這項事實證明，中國古代的玻璃是利用一種特有的原料，獨立製造出來的，這有力地否定了以前流行的中國琉璃外來的說法。

許多學者則對以上推斷有異議，主張中國製造玻璃自戰國時代開始。從對越王勾踐劍上鑲嵌的玻璃飾物和隨縣曾侯乙墓出土的玻璃珠分析看，這些玻璃品在時間上不會晚於戰國初期。

在化學成分上曾侯乙墓等處出土的玻璃珠氧化鉀含量較高，這在同期的西方玻璃中是十分少見的。從工藝

上看，越王劍上的玻璃飾物不可能是國外傳入的。曾侯乙墓出土了多達百餘顆的玻璃珠，另外在河南固始、山東臨淄、湖南長沙等地也都有此類玻璃出土。

若是進口，這樣廣泛的使用範圍在古文獻中卻毫無記述，結論就很清楚了。中國近代對考古的發掘，在殷墟陶器上就發現有「釉。」

「釉」似玻璃而實非玻璃，其主要原料為正長石、鈉長石、硼砂、白雲石、黏土等。在世界上中國被譽為「瓷之王國」，早在1700年前的魏晉時代已能製出胎質堅硬和釉面光潤的瓷器。在陶器上上釉時所用的天然原料，都與做玻璃的原料相同；而瓷器上的瓷釉裝飾，釉上彩或釉下彩，就是玻璃態的物質。當先民們上釉時塗得太厚時，便會偶然得到一些像玻璃的小塊。久而久之，他們就從這裡改進而得到了玻璃。按照科學發展的規律看來，這也是很自然的。

王充《論衡・率性篇》上所說：「隨侯以藥作珠，精耀如真。」目前中國公認的最古的玻璃是長少楚墓出土的玻璃璧、玻璃印章等，它們是戰國時代的遺物。因此，說中國在戰國時代就能製造玻璃，不但有書本上的

證據，同時還確有實物的證據，也較符合客觀實際。

　　專家同時認為，中國古代玻璃雖為中國人的獨立發明，但其發展緩慢，因為它的主要成分是鉛鋇，燒成溫度較低，雖具有絢麗多彩、晶瑩璀璨的優點，但易碎、不耐高溫、透明度差、不適應驟冷驟熱，只適合加工成各種裝飾品、禮器和隨葬品等，因此，在古代中國比起陶瓷、青銅、玉石器來，玻璃器具用途狹小、發展不充分。

　　而古埃及和地中海沿岸地區出土的玻璃器物的化學成分，主要以鈉鈣玻璃為主，耐溫性能較好，對驟冷驟熱適應性較強，因此這種古玻璃的用途和生產量都遠大於中國古玻璃。隨著海上交通日益發達，以及絲綢之路的不斷繁榮，先是玻璃製品傳入中國，隨後製造「鈉鈣玻璃」的技術也逐漸傳入中國。

　　當西方「鈉鈣玻璃」傳入中國後，引起人們極大驚異，這類外來品與中國「鉛鋇玻璃」在性狀上的巨大差異，以致中國人不知道它們是同一類物質，越來越多的人把精力和目光集中在「洋」玻璃上，但古代中國人自己會製造玻璃已成為不爭事實。

毋庸置疑，隨著探索的不斷深入，人們一定會確定玻璃的起源時間，而且玻璃自製的結論應該是成立的。


## 【話說歷史】

透過對中國古玻璃「身世」的探討，尤其折射出中國古代陶瓷、冶金技術的精湛，反映出中華民族文化的博大精深。

# Chapter 2

## 詩書曲畫疑案：

### 筆墨下不只是風情，還有諸多玄機

## 《山海經》： 先秦古籍謎中謎

　　魯迅先生的《阿長與山海經》，在許多人的腦海裡留下了難以磨滅的印象。除了對那位雖然沒有文化、粗俗、好事，但心地善良的長媽媽印象深刻，更對文中提到的《山海經》異常好奇。

　　《山海經》是中國文化史上的一部奇書，它以及其樸素的寫實手法，描述了中國遠古時期人民視野中的名山大川、動植物產、人文風俗、怪異禎祥，內容極其豐富而又怪誕，充滿了浪漫主義色彩。但由於年代久遠，關於山海經有著眾多謎團，例如，它成書於什麼時代？作者是誰？它是屬於什麼類型的書？書的主旨是什麼？

　　最早提到《山海經》的是西漢時期的司馬遷。他在《史記‧大宛列傳》中寫道：「至《禹本紀》、《山海經》所有怪物，舍不敢言之」，實則不能言之，或不願言之。他以史學家的審慎，沒有對書的性質作出明確的

判別。

那麼，《山海經》是什麼性質的圖書呢？有人說它是「方技書」。《漢書·藝術志》把它歸於「術數略」中的「形法家類」陰陽五行類。所謂「形法」，是指根據實物的外形、方位，能判別貴賤吉凶的方法。據此，有人認為它屬於陰陽五行類的方技書。

另外，也有人說它是「地理書。」因為它以古代中國為中心，記載了東達太平洋，南至南海諸島，西抵西南亞，北到西伯利亞的550座山、300道水和40多個古代「國家」，提供了極為豐富的地理資料，所以《隋書》，舊、新《唐書》都把它歸入地理類。

也有人認為它是「小說神話書。」古人所說的「小說」，指的是記錄街頭巷語、道聽塗說、遺聞瑣事的雜錄，《山海經》正是如此，只不過是以山水為綱，比較系統罷了。中國現代著名作家茅盾先生認為它是一部「神話總集。」

但是，大多數的人認為它是一部巫書。魯迅先生在《中國小說史略》中說：「《山海經》記載的內外山川神祇異物及祭祀所宜……所載祠神之物多用糈（精

米），與巫術合，蓋古之巫書也。」這一觀點，為很多學者所接受。

在中國古代（外國亦是）巫的地位很高，極受尊敬。巫被認為是介於人和神、鬼之間最有知識、最有文化的。首先，古代帝王極為重視對山川的祭祀，因此，巫必須對山川的名稱、走向、距離、特產、主司神祇等等瞭若指掌；祭祀的儀式由專門的巫師承擔。這些都能在《山海經》中找到答案。

其次，古代巫史不分家，因此他必須對天上的神，如玉皇大帝、王母娘娘，也有地上的神，如山神、土地，還有君工的歷史、譜系等等這些爛熟於胸。這在《山海經》中能找到許多相關內容。

最後，《山海經》中記載了祈禱天地，驅除鬼神的手段和治病療疾的一些方法。因為古代巫醫不分家，掌握這些知識也是必需。

基於上述原因，許多學者更願意接受《山海經》是一部巫書，但這也只是後人的推測，原始的性質，人們需要經過更多的考證，才能找到令人信服的答案。但是，不管《山海經》是一本什麼性質的書，它極大的文

學、美學價值以及史料價值都對後世帶來了深遠的影響。那麼，這樣一部奇書、寶書，它的作者是誰呢？

為解《山海經》作者之謎，從西漢至今的千百年來，一直眾說紛紜。《山海經》的作者是誰，一般傳統的說法是大禹時期的伯益。

西漢劉秀（歆）在〈上山海經表〉中說：「《山海經》者，出於唐虞之際・禹別九州，任土作貢，而益等類物善惡，著《山海經》。」認為是大禹時代，伯益所作，肯定該書有明確的作者，時間也非常之明確。

宋代大學者朱熹認為《山海經》並非獨自創作，而是根據《天問》、《穆天子傳》、《竹書紀年》等書所記的事物加以誇張描寫的，因此它的作者是「戰國好奇之士」，不能明確其作者是誰，但它的成書，約略應該是戰國時期。

近代學者基本同意上述觀點，並考證出，在戰國時期的《魯語》、《晉語》、《莊子》、《周書王會》、《楚辭》、《呂氏春秋》等書中，都引用過《山海經》的內容。因此，除了《大荒經》之外，其他篇章應該是戰國中期的作品。

更多的學者持與上述不同的觀點。認為《山海經》是由民間口頭文學流傳而來，從荒蠻的遠古，人們口耳相傳，在一代一代流傳的過程中不斷演變增益，最後才見之於文字。成書約在戰國之前，成書後仍有後人修訂。因此，說它是某一時代某一個人所著都是不正確的。

由於《山海經》描繪了一些異國情調的海外風物，又引起了海外學者的遐想：《山海經》會不會是來源於海外？有人認為《山海經》中有長耳、奇股、三足等怪人形象，與希臘神話中的怪物相似，因此，它有可能來源於希臘。

有人認為，《山海經》在文法、修辭、名物讀音上與印度經籍、語言類相同，它奇形怪狀的怪物圖像與印度婆羅門教的怪神圖像相似，還描繪了一些熱帶風物，因此推斷《山海經》的作者是墨子的學生印度人隨巢子的作品，他把由印度到中國的沿途風物與婆羅門教神話融合所作。

還有人認為，《山海經》是阿拉伯半島的地理書。它的作者是古代巴比倫人，戰國時由波斯帶到中國，輾

轉筆錄而成。尤為有趣的是，有一位美國學者亨利埃特·默茲居然不畏艱險，跋山涉水徒步進行實地考察，竟發現書中所記與實際地形完全吻合，於是肯定了這段路程，是從美洲到南美洲的山山水水。為此，他把這個發現繪成地圖，並著有《幾近褪色的記錄》一書。

　　《山海經》是一本奇書，關於《山海經》的研究也是一個饒有興味的話題，它就像一幅神祕的藏寶圖，等待人們去重新發現，去發掘出更多接近真相的線索。


## 【話說歷史】

　　《山海經》的魅力來自它的神祕，更來自它五花八門、包羅萬象，引人入勝的內容。

# 長沙楚墓帛畫：
# 其畫中的婦人形象是誰

1949年，湖南長沙市東南郊陳家大山楚墓出土了一幅帛畫。此帛畫是目前世界上發現的年代最早的絹畫之一，被稱為晚周帛畫或長沙楚墓帛畫。

這幅帛畫高約28公分，寬約20公分。畫面主要位置繪一婦女，側立向左，頭後挽有一垂髻，並繫有飾物，長裙曳地，腰細而修長，兩手合十神態虔敬。她的上方繪一條龍和一條鳳，鳳鳥頭上昂，振翼奮爪，尾翻飛，呈奮起狀；龍則雙足屈伸，身體蜿曲，似乎正向天空飛升。

該畫以墨線勾描，線條有力，頓挫曲折富於節奏變化，用黑白組合。在人物的唇和衣袖上，還可以看出施點過朱色的痕跡。

長沙楚墓帛畫的發現引起了中國許多專家學者的關注，這幅帛畫為何而作？圖中的婦女是誰？騰飛的動物

是否是龍鳳？學者們對此進行了諸多研究和探討。

　　相關學者曾根據當時的舊摹本進行過研究，認為婦人左上方的一獸一禽為夔（古代傳說的一種獨腳獸）和鳳，一鳳一夔，作鬥爭狀。

　　鳳為神鳥，象徵善與和平，在鬥爭中居高臨下，占優勝地位；夔為怪類，象徵邪惡與死亡，在側面抵禦相形敗退。

　　畫的下面是一個現實中的女子，她合掌胸前，立於鳳鳥一側，似乎在祈福。然而學者卻沒有對畫中婦人的身分進行考證。

　　80年代以後，帛畫在社會上公開，人們對照舊摹本研究，發現舊摹本中有不少錯誤，似龍的獸是雙足而不是單足，帛畫的最下角有一新月被忽略了。因此，先前的推測就被推翻了，於是學者們對原畫進行重新鑒定。

　　《江漢論壇》曾發表一文章《對照新舊摹本談楚國人物龍鳳帛畫》，這篇文章對長沙楚墓帛畫又有了新的詮釋。

　　該文認為帛畫的結構和佈局有上、中、下三層。上層是天空，左邊的獸應該是中國古代神化了的龍，右邊

的鳥，則應是鳳鳥。

龍和鳳在中國古代神話傳說中是人和神助魂升天的神獸神禽。畫中的婦女站在中層，就應該是人間。

婦人右下角有一彎月狀物是下層，應該是大地，意味著婦人站在大地上，向龍鳳合掌祈求，希望飛騰的神龍神鳳引導她的靈魂進入神界。

該文還認為畫中婦人即墓主人自己，這幅帛畫的主題思想就是楚巫神迷信思想的一種反映。美術史家也贊同這樣的說法。認為畫上的中心人物應當是死者本人的畫像，並認為此類帛畫是中國肖像畫的濫觴。

但是對於畫中的婦女是誰，學術界還沒有一致的答案。有人認為這是一幅帶有迷信色彩的風俗畫，描寫一個巫女為墓中死者祝福。

這幅帛畫所描繪的婦女，有可能是當時「巫祝」的形象。除此以外，還有人認為畫中婦人是女神宓妃，認為這是一幅「豐隆鸞鳥迎宓妃」圖。

從墓葬出土的形式來看，這幅帛畫在當時，肯定不是作為觀賞的美術品，而是被統治者作為寄託升天願望的迷信工具，這與楚人的迷信習俗是相符合的。至於畫

中婦人的形象到底是誰？各家說法不一，就成了一個未解之謎，還有待於專家、學者作進一步研究。

【話說歷史】

　　長沙楚墓出土的帛畫女人有著神祕的身世，讓後人不斷探索尋找這位穿越幾千年的美女，她究竟是誰……

# 《胡笳十八拍》：作者究竟是誰

琴歌《胡笳十八拍》由18首歌曲組合的聲樂套曲，由琴伴唱，描寫主人公飽受戰亂之苦，抒發愛國思鄉之情，骨肉分離之親。千百年來成為中國傳統音樂作品中的珍品，深受人們喜愛。

據傳，其作者是東漢著名文學家蔡文姬。蔡文姬，名琰，是東漢末年大名士蔡邕的女兒，她自幼就聰穎過人，博學多才，尤其在文學和音律方面更是出眾，是個出了名的才女。父親死於獄中以後，文姬孤苦無依，只好跟著難民到處逃亡。

有一天文姬在逃難中正好碰上匈奴兵，被其掠去。從此，她流落匈奴成了左賢王的夫人。左賢王很寵愛文姬，夫妻感情很好。蔡文姬在南匈奴一住就十二年，生有兩個孩子，但是仍然十分思念故鄉。她靠著自己的音樂天賦創作了《胡笳十八拍》。

《胡笳十八拍》歌詞分為十八章，一章為一拍。

第一拍點「亂離」的背景；第二拍到第十一拍的主要內容便是寫她的思鄉之情；第十二拍中是這種矛盾心理的坦率剖白；第十三拍起，轉入不忍與兒子分別的描寫，結尾一段「胡與漢兮異域殊風，天與地隔兮子西母東。苦我怨氣兮浩於長空，六合雖廣兮受之應不容。」全詩即在此感情如狂潮般湧動。

《胡笳十八拍》創作後蔡文姬經常演奏，藉以抒發自己的思鄉之情。後來，曹操派朝臣周近出使南匈奴並贖迎文姬。

文姬經過天人交戰，最後揮淚與左賢王和兩個孩子告別，踏上了歸鄉的道路。經過長途跋涉，數月之後，她終於回到了曹操的大本營鄴城。胡笳就是胡地的笳，在漢時流行於塞北和西域遊牧民族中。

「笳」形似篳篥，是漢代鼓樂中的主要樂器。胡笳善於表現悽愴、哀怨的情感，富有悠遠的穿透力，很符合那些邊遠遊牧民族英勇強悍的個性及牧馬吹奏的特色。

在漢魏歷史上流傳有不少運用笳聲作戰的故事。歷

# 詩書曲畫疑案──

## 筆墨下不只是風情，還有諸多玄機

史上也有不少有關笳的文章，蔡文姬的《胡笳十八拍》更為笳添加了一種感傷而誘人的神韻。

胡笳十八拍的藝術價值很高，明朝人陸時雍在詩鏡總論中說：「東京風格頹下，蔡文姬才氣英英。讀胡笳吟，可令驚蓬坐振，沙礫自飛，真是激烈人懷抱。」中國現代學者郭沫若從文學角度和語言文字學角度，對《胡笳十八拍》中歌詞加以考證也斷言非蔡琰莫屬，並稱讚說「這實是一首自屈原《離騷》以來最值得欣賞的長篇抒情詩。」

然而，自唐以來，有學者對蔡文姬創作《胡笳十八拍》提出質疑，認為這部作品的作者是唐代著名琴師董庭蘭。

唐代進士劉商《胡笳曲序》（《樂府詩集》卷五十九轉引）序文曰：蔡文姬善琴，能為離鸞，別鶴之操。胡虜犯中原，為胡人所掠，入番為王后，王甚重之。武帝與邕有舊，遣大將軍贖以歸漢。胡人思慕文姬，乃卷蘆葉為吹笳，奏哀怨之音。後董生以琴寫胡笳聲為十八拍。今之胡笳弄是也。

序文中有「後董生以琴寫胡笳聲為十八拍，今之胡

笳弄是也」，以是推斷：《胡笳十八拍》乃唐代琴家董
庭蘭（即董生）所作。


【話說歷史】

琴歌《胡笳十八拍》作者自唐代至今文學界見仁見
智，音樂學界也未有定論。但無論作者是蔡文姬還是董
庭蘭，抑或其他人，都不影響人們對作品的喜愛和推
崇。

# 諸葛亮：
# 有沒有寫過《後出師表》

　　《三國演義》裡面，最讓人覺得不可思議、印象深刻的軍師，非神機妙算的諸葛亮莫屬。諸葛亮是中國古代最著名的賢相之一，他二十一年間，「受任於敗軍之際，奉命於危難之間」，最終三分天下，毫不誇張地說，蜀漢凝聚了諸葛亮一生的心血。

　　他是怎樣一個人呢？人們並不完全是透過《三國志》、《三國演義》和其他史載，最直觀的便是他寫的前後《出師表》，其中，《後出師表》提到「鞠躬盡瘁，死而後已」，它是諸葛亮心跡的表白，以後又演變為一個成語，專門用來讚美那些獻身國家和民族的偉大「僕人。」

　　但是，諸葛亮真的寫過《後出師表》嗎？在陳壽《三國志・蜀志・諸葛亮傳》中，只載有《（前）出師表》，而沒有《後出師表》。《後出師表》是劉宋裴松

之注《三國志》時引錄東晉習鑿齒《漢晉春秋》的，而
《漢晉春秋》中的這篇《後出師表》又是出於三國孫
吳大鴻臚（官名）張儼的《默記》。著名的《昭明文
選》，也只選錄《（前）出師表》，而不收《後出師
表》。

　　《後出師表》見於《三國志・諸葛亮傳》注引《漢
晉春秋》。說是諸葛亮第一次北伐失利，引咎責躬，厲
兵講武，當孫權破曹休，魏兵東下、關中虛弱之時，他
上此表請求再次伐魏。因為他第一次北伐時有一篇《出
師表》，因此這一次的被稱為《後出師表》。

　　這篇《後出師表》是否為諸葛亮所寫？歷來看法不
一。持肯定意見的學者認為，因為張儼與諸葛亮同時稍
後，對諸葛亮的生平事蹟很熟悉，如果《後出師表》為
人偽撰，張儼不會不加辨別就把它收進《默記》。

　　至於陳壽，因為不敢犯司馬氏之諱，所以不敢把罵
他們為魏賊的《後出師表》收入《三國志》本文。

　　部分史學者認為此文《後出師表》並非諸葛亮所寫，
而是後人偽託諸葛亮之名所寫。其理由主要有三方面：

　　一、《後出師表》所說的很多事情與史實不合。比

如，它列數曹操的幾次失利，如困於南陽、險於烏巢、危於祁連、僵於黎陽、幾敗北山、殆死潼關，除南陽、烏巢、潼關幾次遇險史書有記載，另幾次都沒有確切依據。又比如，《後表》說劉繇、王朗各據州郡，連年不征不戰，坐使孫策據有江東，這和史書記載的情形也不合。

這或者可以解釋為史書缺載或誤載，或諸葛亮誤記，但有一件事卻不可能誤記，即趙雲之死。趙雲是建興七年(229)死的，他在第一次北伐中雖然失利，但未大敗，更不至於喪生，他還被貶為鎮軍將軍，這是退軍以後的事。這是《三國志·趙雲傳》和注引《雲別傳》明確記載的。但上於建興六年(228)十一月的《後表》卻說趙雲和另外七十多名戰將都已經死了。這個明顯的漏洞很難作別的解釋。

二、《後出師表》與《前出師表》在用語立意上完全不同。《後表》，開頭直言後主無能，「今陛下未及高帝，謀臣不如良、平，而欲以長計取勝，坐定天下，此臣之未解一也。」這不像是臣下對君主的口氣，更不

像出自諸葛亮之口。

其次，《前出師表》表示了諸葛亮對北伐的信心：「當獎率三軍，北定中原，庶竭駑鈍，攘除奸凶，興復漢室，還於舊都。」

又說：「願陛下托臣以討賊興複之效；不效，則治臣之罪，以告先帝之靈。」《後出師表》卻一掃前表的信心，列舉了六條不解，皆顯消沉、沮喪。「然不伐賊，王業亦亡；惟坐待亡，孰與伐之？」「至於成敗利鈍，非臣之明所能逆睹也。」時過一年，僅第二次北伐的諸葛亮怎會如此雄心全挫呢？

三、在風格上，《前出師表》中，顯示了諸葛亮初年無意為政，故風格高邁。《後出師表》中辭意不免庸陋，如「群疑滿腹，眾難塞胸，今歲不戰，明年不征」四句，兩句對偶，意思卻完全雷同，《前出師表》就沒有這樣的句子。

清代學者黃式之就說：「《前表》悲壯，《後表》衰颯；《前表》意周而辭簡，《後表》意窘而辭繁。」近人比較傾向於《後出師表》非諸葛亮自作。那麼偽造

者會是誰呢？有人認為是張儼所作，因為《後出師表》出於張儼的《默記》。

但是馬上就被否定了，因為張儼對於諸葛亮的將才是評價很高的，常歎息假如諸葛亮壽命長一些，北伐一定可以取得勝利。這與《後出師表》疑慮重重的態度全然不同。

又有人認為是諸葛亮的胞侄諸葛恪。諸葛恪在252年孫權臨死時，受命為吳大將軍，曾發動過對魏的戰爭。「議者謂為非計」甚眾。於是，有可能在紀念諸葛亮基礎上偽製《後出師表》。

張儼死於266年，這個偽製品也許被收錄進他所撰的《默記》。不過也有人認為，由於親屬關係，諸葛恪也可以得到諸葛亮的文字。所以，不管諸葛亮是作為原作者還是另有偽作者，都沒有確切可考的依據。

羅貫中把《後出師表》寫入《三國演義》，大概是抓住諸葛亮「鞠躬盡瘁，死而後已」的精神，以塑造一個為人所景仰的藝術形象，所以《後出師表》也廣為人知。

諸葛亮究竟有沒有寫過《後出師表》呢？這還是一

件懸案。但是不管《後出師表》是否出自諸葛亮之手，流傳甚廣的「鞠躬盡瘁，死而後已」依然能給人們帶來不同的震撼與感動。


【話說歷史】

　　人們總想打破沙鍋問到底，許多事情都要窮根究底，這在學術研究中是好事，但這種心理要是建立在忽略作品本身的藝術價值之上，似乎就背道而馳了。

# 岳飛：
# 是否真的創作過滿江紅

　　2005年有位電視主持人在節目中鄭重其事地宣布。認為《滿江紅‧怒髮衝冠》一詞不是岳飛所作。一時，作者頗具爭議的《滿江紅‧怒髮衝冠》又被推到了風口浪尖。

　　《滿江紅‧怒髮衝冠》的通行版本如下：

　　怒髮衝冠，憑欄處，瀟瀟雨歇。

　　抬望眼，仰天長嘯，壯懷激烈。

　　三十功名塵與土，八千里路雲和月。

　　莫等閒，白了少年頭，空悲切。

　　靖康恥，猶未雪。臣子恨，何時滅？

　　駕長車，踏破賀蘭山缺。

　　壯志饑餐胡虜肉，笑談渴飲匈奴血。

　　待從頭收拾舊山河，朝天闕。

　　這首詞（以下簡稱《滿江紅》）是在明朝的中前期

才廣泛傳播開來的，在宋、元兩代極少或根本不見於記載。

　　然而，在上世紀的三十年代以前，所有的人都相信它是岳飛的作品。讓人始料不到的是，三十年代著名學者余嘉錫在《四庫提要辨證》一書的《岳武穆遺文》一篇中對《滿江紅》一詞的作者提出質疑，從此江湖多事，數十年來關於此詞的作者是不是偽作，爭論不斷。

　　為什麼認為這首廣為人知的《滿江紅》是偽作呢？理由是什麼？總結起來，理由有三：

　　首先，如果《滿江紅》真是岳飛所作的話，為何在南宋與元朝一百多年的史記文獻中沒有任何的記載呢？

　　學者在《四庫提要辨證》中指出：《滿江紅》最早出現於明嘉靖十五年（1536年）徐階編的《岳武穆遺文》中，而岳飛的後人們曾不棄餘力地全力收集岳飛的手稿和遺文達31年之久，為何卻在岳珂所著的《金倫粹編・岳王家集》中沒有這首《滿江紅》？

　　其次，詞中議論最廣的一句是「踏破賀蘭山缺。」賀蘭山在漢、晉時期還不見於史書，到北宋時才有記載。唐、宋時人們以賀蘭山入詩，都是實指，直至明代

中葉以後仍是如此。因此，如果此詞是岳飛所作，為何方向會如此違背？。

而在弘治十一年（1498），明將王越在賀蘭山抗擊韃靼，打了第一場大勝仗。因此「踏破賀蘭山缺」更像是此時明朝人的一句振奮人心的抗戰口號。所以，《滿江紅》很可能是作於明代。

再者，許多的學者從詞的風格上進行考究，他們把岳飛《小重山》與《滿江紅》從詞的詞調風格上進行比較，認為前者婉轉惆悵嬌柔徘徊，後者風格迴前者慷慨激昂，充滿了英雄豪情，認為兩首詞的詞風和格調大相徑庭，不是出自一人之手。儘管如此，還是有不少人仍然認為此詞就是岳飛的作品。對此持不同意見一批學者，則從不同角度進行了辯駁。

第一，紹興十一年（1141年）岳飛被害前秦檜集團一邊查封岳飛家存，一邊誘捕岳雲等將領，對岳飛的手記文稿更是嚴查特禁在民間傳播。此後秦黨又把持朝政十年之久，岳飛的文稿在此間遺失了很多。

雖然岳飛的兒子和孫子歷經31年收集岳飛所有的文稿，但是也有遺漏的實證，如在《金倫粹編‧岳王家

集》中就根本沒有岳飛的《題新淦蕭寺壁》一詩，而在《賓退錄》中卻重見天日。

　　第二，賀蘭山在南宋時雖為西夏的領域，但宋與西夏的戰爭就從未間斷過。他們認為「踏破賀蘭山缺」只是岳飛伐金的一種泛指。何況泛指在文學史上也是一種慣用的比喻手法，陸遊曾將「天山」比作中原前線，辛棄疾把長安比作汴京，岳飛把賀蘭山比作敵營也未嘗不可。他們認為「駕長車踏破賀蘭山缺」只是表達了一種了卻君王天下事的決心，並不能說是作者犯了地理常識性的錯誤。如果撇開《滿江紅》一詞反映的整體思想，而糾纏在「賀蘭山」的地理位置上，似是也難以令人信服的。

　　第三，在文學史上，兼擅多種風格的寫家很多，如婉轉派詞人李清照既寫過《入夢令，昨夜雨疏風驟》婉轉靚麗之作，也寫過《烏江》豪氣衝天壓倒鬚眉的句子來。僅憑《小重山》與《滿江紅》詞風格調上的不同，就斷定《滿江紅》不是岳飛的作品，有點牽強。

　　「三十功名塵與土，八千里路雲和月」如果這首詞真是岳飛所作的話，屈指一算，也絕不是沒有閱歷的，

岳飛從靖康元年（1103年）從老家河南湯陰從軍以來，因作戰英勇被開封留守宗澤看中，留其麾下委以重任，屢立戰功。建炎三年（1129年）任河南北路招討使，從此率軍轉戰於宜興一線抗擊金兵。建炎四年（1130年）從金兵手中收復建康（今南京）。

紹興九年（1139年），又在江西討伐判將李成，隨後進軍廣西消滅遊寇曹成，後奉旨進吉州（今吉安）、虔州（今贛州）地區鎮壓農民起義軍，次年又渡江北上一鼓作氣從金人手中收復襄陽、信陽等六座州郡，八、九年間披星戴月轉戰萬里。所以說「三十功名塵與土，八千里路雲和月」和岳飛的生平事功都是十分吻合的。

如岳飛的「雄氣堂堂貫鬥牛，誓將直節報君仇。斬除頑惡還車駕，不問登壇萬戶侯。」簡直就是「三十功名塵如土，八千里路雲和月」的註腳了。所以人們不能光從詞風格調上來妄下斷論，更應注重詞人內心真實思想感情的反映。

綜上所述，《滿江紅》到底是不是岳飛所作，人們難下定論。

而唯一能提供人們詳而有力的《永樂大典》因散佚

和破損已經找不到關於它的記載了，《滿江紅》的作者質疑在現今仍是懸案一件。


【話說歷史】

撲朔迷離的身世之謎為《滿江紅》增添了神祕的色彩，但人們不能否認這首千古絕唱在文學上的價值，雖然歷來眾多學者對其作者是否為岳飛頗具爭議，但大部分人卻都對《滿江紅》的文化價值持肯定意見。

# 《蘭亭序》失蹤案：
# 「行書第一帖」下落成謎

　　讓人們再一次把眼光停在這一件被稱為「行書第一帖」的《蘭亭序》。珍貴的文物吸引了人們的目光，也勾起了人們無限的好奇心。由於歷史記載的殘缺，許多傳世珍品出現了無數難解之謎，《蘭亭序》就是其中的典型。

　　《蘭亭序》的真跡在唐代時便已下落不明。是否還在世上，這是人們，特別是書法藝術界深切關心的一件大事。

　　關於《蘭亭序》的下落，在史家、書法界以及媒體和網路上已有眾多的推測和傳言，歸納起來大致有兩種說法，其一是認為已毀於兵火，不復存在；其二是認為尚在人間。後面這種說法又有三種，即分別認為《蘭亭集序》真跡藏於唐太宗昭陵墓內、唐高宗與武則天合葬墓中的唐高宗棺內、或武則天的棺內。

　　《蘭亭序》藏於唐太宗昭陵內的說法為大多數人所認同。

　　《蘭亭序》是王羲之在紹興市蘭亭與一些文人騷客舉行節日聚會、飲酒作詩時，為眾人創作的37首有待出版的詩寫的序言。

　　當時王羲之喝得醉昏昏的，卻欣然提筆一揮而就。他酒醒之後驚奇地發現出現在裡面眾多千姿百態的「之」字真是神啦！並多次複寫《蘭亭集序》，但怎麼也寫不出原來那種樣子，他終於恍然大悟那是他的智慧和藝術上升到頂峰時刻的作品，此後再也無法複現了。從此他將《蘭亭集序》作為傳家瑰寶予以密藏，在他死後就一代一代地傳下去。

　　唐朝初年，唐太宗李世民是一個文治武功都屬一流的風流人物。他對王羲之的書法推崇備至，他派人把傳世的王羲之真、草書帖幾乎都收購到手經常臨習，但最大遺憾就是沒有弄到「天下第一行書」《蘭亭序》。

　　終於有一天，李世民派往民間明察暗訪的人回來報告說，《蘭亭序》真跡在越州永欣寺一個名叫辯才的和尚手中。

　　《蘭亭序》何以會在辯才手裡呢？這要從他的師父智永和尚說起。

　　原來，智永是王羲之的七世孫，也是一代書法大家，尤擅草書。智永年近百歲才去世，書帖之類都傳給了辯才，其中就包括《蘭亭序》。

　　辯才也是個博學工文、琴棋書畫「皆得其妙」的高手，他在方丈樑上鑿了一個槽，把《蘭亭序》藏在裡面，祕不示人。

　　查到了《蘭亭序》的下落，唐太宗開始派人接近辯才，並尋找機會盜取了《蘭亭序》。唐太宗對《蘭亭序》自然珍愛異常，又令御用拓書人趙模、韓道政等各自拓寫數本，分賜皇太子、諸王、近臣。

　　貞觀二十三年，唐太宗健康狀況惡化，臨終前對太子李治，也就是後來的唐高宗說：「我想向你要求一件東西，你是個孝子，怎麼會違背我的心願呢？你說是不是？」李治聞言哽咽流涕，表示什麼要求都堅決照辦，太宗這才鄭重地說：「我實在捨不得《蘭亭集序》，你就讓它隨我而去吧。」

　　太宗死後，高宗依言辦理，《蘭亭序》真跡就此入

間蒸發。後來人們所見到的只是趙模等人的拓本，而且就連這些拓本也極難見到。

唐末五代的軍閥溫韜在任陝西西關中北部節度使期間，史籍記載：「在鎮七年，唐帝之陵墓在其境內者，悉發掘之，取其所藏金寶」，李世明的昭陵自然難以倖免，由於昭陵修築異常堅固，他讓士兵費盡力氣打通了75丈長的墓道，進入地宮，並發現了李世民生前珍藏的鳴鼓圖書字畫。

其中最貴重的，當推三國時大書法家鐘繇和東晉時大書法家王羲之的真跡，這些稀世珍寶，全被溫韜盜取了出來，但迄今千餘年來下落不明。

對此，有人認為史書雖然記載溫韜盜掘了昭陵，發現了王羲之的書法，但並沒有指明之中包括《蘭亭序》，而且此後亦未見真跡流傳和收錄的任何記載。溫韜盜掘匆忙草率，未作全面、仔細清理，故真跡很可能仍藏於昭陵墓室更隱密之處。

另一種說法認為，唐太宗死後，酷愛書法的唐高宗並沒有按照其遺囑將《蘭亭序》放入昭陵陪葬，而是將《蘭亭序》扣了下來。

　　到後來，他臨終前也立下遺囑要把他收藏的全部書畫包括《蘭亭序》都放入他的棺中，而他的皇后武則天「以其人之道，還治其人之身」又將《蘭亭集序》扣了下來。因而，後來《蘭亭集序》就裝入了武則天的棺材。

　　這個有聲有色的故事如果屬實，那麼揭開《蘭亭序》下落之謎的關鍵所在就歸結為乾陵的發掘。鑒於乾陵從未被盜過，因此能找到《蘭亭序》的希望還是較大的。但令人擔憂的是，根據考古人員的勘探乾陵有可能已經滲水，如果真是這樣，墓內文物就將面臨「滅頂之災。」

　　歷年以來陝西省曾不止一次地向國務院申請發掘乾陵，但一直未獲批准。主管部門認為，就當前的文物保管技術水準來看，尚難以確保出土文物能夠安全地保存下來而不致化為烏有，應吸取北京定陵及其他一些古墓發掘的深刻教訓，在技術條件尚不具備的情況下不宜妄動乾陵。

　　號稱「行書第一帖」《蘭亭序》，就在唐代以後，離奇失蹤，這個曠世書帖失蹤案，何日能解開？

【話說歷史】

　　圍繞《蘭亭序》的爭議與疑案已經太多太多，這一「酒後成帖」的《蘭亭序》，註定要在萬世千秋的歷史潮流中，代代流傳。

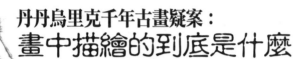

# 丹丹烏里克千年古畫疑案：
# 畫中描繪的到底是什麼

在新疆和田市東北部塔克拉瑪干沙漠深處，玉龍喀什河畔，有一座重要的佛教遺址叫做丹丹烏里克。

丹丹烏里克在唐朝的時候又被稱為梁榭城，屬於當時的於闐國。

在那時，西傳的印度文化、當地的本土文化和中原文化在這裡結合，形成了極具特色的文化風格，成為一個重要的佛教文化中心。20世紀初，英國考古探險家斯坦因首先發現了它，但是之後又突然消失了。直到20世紀末，新疆文物考古工作者才再次發現了隱匿近百年的丹丹烏里克遺址。

人們在丹丹烏里克遺址發現了許多古代的文書、錢幣、雕刻、繪畫等文物，其中有幾幅珍貴的唐代木版畫和壁畫，引起了人們的高度關注。

這就是《鼠神圖》、《傳絲公主》和《龍女圖》。

　　這些繪畫所描述的內容與唐代高僧玄奘所寫的《大唐西域記》中的記載幾乎完全一致，讓人們十分之驚奇。人們或許認為玄奘的《大唐西域記》是胡編亂造，但是這些沉寂了千年的古畫，讓人不得不相信那些神話傳說的真實。

　　《鼠神圖》上畫著一個鼠頭半身人像，頭戴王冠，背有橢圓形光環，坐在兩個侍者之間。

　　而在《大唐西域記》中就有一則神話故事《鼠壤墳傳說》。

　　傳說，於闐國都西郊有一座沙包稱鼠壤墳。當地居民說此處有大如刺蝟的老鼠，其中有毛呈金銀色彩的巨鼠為群鼠首領。有次匈奴數十萬大軍侵犯於闐，就在鼠壤墳旁屯軍駐紮。

　　當時於闐國王只有數萬兵力，難以抵擋和取勝。國王雖然知道沙漠中有神鼠，但從來都沒有拜過。大敵當前，君臣驚恐不知所措。於是就擺設祭品，焚香求救於神鼠。

　　夜裡國王果然夢見一大鼠，願意助他一臂之力。於是第二天交戰的時候，匈奴兵的弓弦、馬鞍、軍服等都

不知在什麼時候被老鼠給咬破了，於是這樣一來，於闐軍大勝。為了感謝神鼠，國王就下令建造了神祠來供奉它。或許，木版畫上的那只威風凜凜的老鼠就是鼠王。

《傳絲公主》木版畫上畫的是一個古代貴婦。她戴著高高的帽子，帽子裡似乎還藏著什麼東西。在她的兩邊都跪著侍女，左邊的侍女左手指著貴婦的帽子。畫的一端有一個籃子，裝著滿滿的葡萄之類的東西；另一端是一個多面形的東西。

這幅畫描繪的是怎樣的場景，又有什麼樣的含義呢？

研究者根據《大唐西域記》中的故事，發現她是將蠶桑業介紹到於闐的第一個人。原來畫上的貴婦是唐代的公主，被皇帝許配給於闐王。

當時於闐國沒有蠶絲，於是國王懇求公主能將蠶種帶過來。可是那時中國嚴禁蠶種出口，於是聰明的公主將蠶種藏於帽內，順利出關了。因此，畫中籃子裡裝的根本就不是葡萄，應該是蠶繭，而又一端多面形的東西就應該是紡車了。

《龍女圖》上描繪的是一個頭梳高髻裸女，佩戴項

圈、臂釧、手鐲，站在蓮花池中，左手撫乳右手置腹，扭腰出胯呈三道彎姿勢，欣喜而又羞澀的回首俯視腳下的男童。男童也赤身裸體，雙手抱住裸女的腿，仰望著她。

那麼，這幅畫又是什麼意思呢？細讀《大唐西域記》，你會發現這與其中的故事《龍女索夫》驚人的吻合。

傳說於闐城東南方有一條大河，用以灌溉於闐國無數的農田。可是不知怎麼回事，河水突然斷流了，這讓百姓不知如何是好。

聽說這與河中住著的龍有關，於是國王就在河邊建了祠廟進行祭祀，果然河裡出現了一個龍女。她說自己的丈夫去世了，如今自己無依無靠，希望國王能幫她找個丈夫，然後水流就會恢復如常。

於是，國王挑選了一個臣子，穿著白衣騎著白馬躍入河中。從此，河水就再也沒有斷流過。根據佛教繪畫神大人小的處理方式，畫中的裸女應該就是龍女，而那個男童就應該是她的新婚丈夫。

但是對於這樣的解釋，有些專家學者還是提出了異

議。認為這些木版畫和壁畫是佛教繪畫，應該從佛教故事中尋找來源，而不是當時的世俗生活。

## 【話說歷史】

丹丹烏里克發現的繪畫作品，為人們打開了古代於闐社會生活的一幅幅畫卷，其意義遠遠超出藝術本身的價值。

## 李煜：責令畫《韓熙載夜宴圖》的目的為何

中國歷史上的畫作聞名遐邇者不在少數，《韓熙載夜宴圖》正是其中一卷。

此畫卷分多幅，如同一幅連環畫，繪製了南唐著名官員韓熙載家開宴行樂的場景，包括琵琶獨奏、六么獨舞、宴間小憩、管樂合奏、夜宴結束五福畫卷。畫中無論人物、事物，皆筆法細膩，活靈活現。整幅長卷線條準確流暢，工細靈動，充滿表現力，設色端麗雅致，層次分明，神韻獨特，簡直是神來之筆。

這樣一幅絕世畫作，在得到千年盛譽的同時，於當代卻有人提出，其實如此名畫是一份「諜報」。該評價頓時在文化界掀起一陣討論熱潮，為什麼名畫竟成了諜報圖呢？這樣從畫作的由來談起。

《韓熙載夜宴圖》所畫的既然是南唐名臣韓熙載，圖畫的背景當然就是南唐。

　　李唐末年，各路節度使、太守、軍閥趁勢而起，將大唐江山撕分食之。其中，偏居於江西、浙江一帶的南唐國，自稱為李唐正統遺脈。

　　韓熙載就生活在南唐國君李煜在位時期，那時韓熙載已經是權傾朝野的大臣。

　　若說李煜與韓熙載的關係，只能用微妙來形容，卻不能說二人關係緊張，因為韓熙載還是忠於國家、忠於國主的人，只不過他時常頂撞李煜，叫後者對他的防備之心越來越盛。

　　時值國勢衰微之際，李煜新娶小周后周薇，大臣們紛紛恭喜，沒有一個人敢說李煜沉迷酒色，韓熙載卻寫了一首諷刺詩，李煜看了之後也只是無奈。韓熙載此人頗有諍臣和鑒臣的風範，為人耿直，李煜對他是又愛又恨，升了他的官又想踢他下臺。

　　不久，趙宋於中原興盛起來，南唐岌岌可危，滿朝文武均知大勢已去，想必韓熙載也是意識到了這一點，於是再也不上朝，而是終日在家飲酒作樂，夜夜笙歌。

　　此事傳到李煜耳中，頓時十分生氣，於是叫了兩個非常有名的畫室去參加韓熙載的夜宴，並將夜宴的場景

細細刻畫出來。

　　經過幾個月的功夫，李煜接到了在未來遐邇中外的《韓熙載夜宴圖》，欣賞來欣賞去，最終吩咐人將此畫送給了韓熙載。

　　此時這位李後主的行為不禁叫人詫異，他明明派人做間諜去韓熙載府上參加晚宴，又花了數月的功夫等人將《韓熙載夜宴圖》畫好，如此大費周章，為何還要把夜宴圖送給韓熙載呢？

　　其實，仔細一想，如果李煜真的想要找人做間諜監視韓熙載，只要派身手矯健的探子盯著後者就行，沒有必要派人參加晚宴，還命人作畫。

　　他之所以這樣做，就是想借畫告訴韓熙載：你作為重臣如此墮落，國家怎麼能再次興旺起來？不過，韓熙載似乎並未領會李煜的用意，依然過著放蕩不羈的生活，李煜在失望至極之下決定將韓熙載遷至洪州。

　　韓熙載這才知道李煜並不是軟柿子，慌忙借此機會告老還鄉，再不攝政。李煜念在他對南唐江山有功的份上，將他放逐出了金陵。

　　《韓熙載夜宴圖》是否真的是份諜報，沒人能肯定

的回答。不過這幅畫的歷史價值和文藝價值，會被人們
永記在心。


## 【話說歷史】

　　細品《韓熙載夜宴圖》，拋開種種疑點，人們不得
不為創作者高超的繪畫技法所折服，遠在古代的南唐，
畫家便能透過「目識心記」來完成這樣一幅長篇巨作，
且筆法細膩，神韻獨特，確實令人歎為觀止。

# 李淳風：
## 語言奇書《推背圖》

　　《推背圖》是中國預言中最為著名的奇書之一。全集一卷，凡六十圖像，以卦分系之。

　　每幅圖像之下均有讖語，並附有「頌曰」詩四句，預言後世興旺治亂之事。在人們心目中《推背圖》曾經是一種很神祕的東西，好像它預言著未來的社會變遷，真的包含著什麼「天機」，詩圖並茂又給它增添了幾分神祕色彩。

　　說起《推背圖》的緣起，倒是很神祕。唐朝術士李淳風，精通天文曆算，曾經因為預感到不久將有武則天亂唐的災難，便推算起來。他推算得忘了情，一直推演下去，直到被另一位叫袁天罡的術士推了一下後背，道：「天機不可洩漏！」他這才罷手。

　　但這時他已經推到千年之後了。推背圖共六十象，以六十干支命名，另每象合一周易卦名。李淳風把他推

# 詩書曲畫疑案——
## 筆墨下不只是風情，還有諸多玄機

算的成績，寫成詩歌，又畫成圖畫，透過袁天罡上奏給唐太宗。這種事關國家機密的東西當然是不能再讓別人看的，可是卻不知怎麼洩漏出來了。

《推背圖》真偽何如？王亭之判之為諸版皆偽。歷代讖書作偽，可由互相比對而知其痕跡。王亭之試舉一例。王亭之藏《推背圖》六個版本：

**一、彩繪明抄本，臺灣研究院藏。**

**二、明鈔本（無圖），臺灣圖書館藏。**

**三、明鈔本，芝加哥大學藏。**

**四、清初潘氏八喜樓鈔本，臺灣中央圖書館藏。**

**五、清末石印本，芝加哥大學藏。**

**六、流行本（據稱八國聯軍之亂時，由清宮流出）。**

六種版本，前四種同一系統，後兩種又自成一個系統。可是彼此之間的參差卻很大。流行本因有金聖歎評注及張之洞手跋，而且又傳出自清宮，所以甚為讀者重視。但假如將六個版本加以仔細的排比，便會發現愈是年代早的版本，措詞愈俚俗，年代愈晚，讖頌便浪浪上

口矣，這顯然是經過文人的修改。這《推背圖》不僅把有唐數百年，而且連此後的宋、遼、金、元、明、清的治亂興衰都預測得分毫不差。

李淳風實有其人，在《舊唐書》、《新唐書》中都有他的傳。他是唐太宗時人，博通群書，精天文曆算陰陽之學。他曾經主持鑄造渾儀，編成《麟德曆》以取代過時的《戊寅曆》，是一個了不起的天文學家。

《推背圖》最為難得的是它那一幅幅圖畫，把此後一千多年的中外服飾也都預測出來了。

清代的花翎馬褂，洋人的西服革履，全部畫得惟妙惟肖，如果再描繪得細緻一些，完全可以供時裝設計師做流行色預測的根據了。但是，如果再細心地看下去，問題就出來了。推背圖前四十幾象神準無比，後十幾象語焉不詳，如何解釋？

前四十象關於歷史事件的預測非常容易解讀，因為裡面幾乎是指名道姓，比如第五象，其圖為鞍（安祿山），史書（史思明），一婦於地（楊玉環），頌中漁陽鼙鼓來自古詩詞描述；第三十四象，太平又見血花飛，洪水滔天苗不秀，中原曾見夢全非，分明是指洪秀

## 詩書曲畫疑案——
筆墨下不只是風情，還有諸多玄機

全。

　　有學者要問：「清代的人穿馬褂是沒錯的，為什麼唐朝時的胡人也是頂戴花翎？這不成了唱《四郎探母》，遼國的公主和大清國的格格一樣了？」

　　從燒餅歌和馬前課來看，預言到最後都是一個大同世界，推背圖中稱天下一家，至臻大化；燒餅歌中言琴瑟和諧，馬前課中講賢不遺野，天下一家，無名無德，光耀中華。

　　暗合了中國文人和百姓自古以來終極理想的社會建制，以此可見，這類玄書其實是寄託了作者的美好願望而已。莫非李淳風是「近視眼」，千年之後洞若觀火，百年之內卻一塌糊塗，連自己穿什麼衣服都搞不清了？還有讀者買了幾種，對照來看，竟然發現並不相同，不但圖不同，詩也不同，預測的下限自然也不一樣。

　　比如四十四「群陰懾服，百靈來朝」，當印證在今日，然而中國目前的實力，遠未到全世界都來臣服的程度。四十五象「金烏隱匿白洋中」暗喻日本沉淪，可能也只有在電影中才有。

　　四十六象「萬人不死，一人難逃」，難不成有人

刺殺高層？四十八象中稱卯午之間有大亂，當在2011～2014年發生內亂。後十幾卦大都是這種類似的戰爭與和平的老話，而且一般沒有詳指，難道是李淳風技窮？有的預測到清朝初年，有的預測到日本侵華、八年抗戰，甚至還可以找到對「文化大革命」的「預言」。

據說，波斯灣戰爭打過後不久，關於波斯灣戰爭的「預言」就已經在《推背圖》中發現了。

按《舊唐書》所記載的李淳風故事，本事見於《感定錄》，今存《太平廣記》卷二一五，《舊唐書》原封不動地把「小說家言」搬進《李淳風傳》，實在失之於濫。李君羨究竟是否與妖人有勾結，這本來就是疑案，反正「欲加之罪，何患無辭」，為了自己的江山，萬歲爺怎麼幹都是有理的。於是防患於未然，李君羨和他的全家都丟了性命。

說透了，這其實不過是為李淳風編的神話而已。其實，真正更值得人們懷疑的是預言本身。

這種重合不是英雄所見略同，不是對歷史預測的吻合，而是行文上的互相抄襲。馬前課第四、八課有日月麗天，和推背圖四十四象相同，而馬前課中說的是貞觀

之治和明朝，推背圖中說的是20世紀的事情了。

　　燒餅歌中八千女鬼和馬前課中陰居陽拂，八千女鬼相合，不過前者是講魏忠賢亂政，後者卻是魏國曹丕統一天下。

　　馬前課推背圖燒餅歌分屬三國、唐、明，其行文語法如此相似，部分語句甚至雷同，豈不令人起疑？

## 【話說歷史】

　　「一陰一陽無終無始」，歷史無始無終，而一切自有其規律，也就是那「茫茫天數」。推背圖中對某個朝代或歷史時段的預測非常集中，某些同樣重要的時代卻跨度很大，幾百年偶見一個預測。這只能理解為作者受自身歷史知識限制，而有選擇的編造。

# 張擇端：
# 《清明上河圖》謎團多

在中國美術史上，《清明上河圖》可謂是一幅最具傳奇色彩的作品，也是歷朝歷代被臨摹最多的一幅作品。

《清明上河圖》歷經兵火，幾遭劫難，流傳過程充滿傳奇。而它本身也有許多待揭之謎：它的創作者張擇端是哪個朝代的人？畫中所表現的真的是「清明時節」的景象嗎？「上河」又有什麼樣的含義？

關於張擇端的身世，史書上沒有任何記載。一些專家學者認為張擇端是南宋人；也有專家學者認為張擇端是金朝人；還有專家學者認為張擇端是北宋人。

認為張擇端為南宋人的專家，主要根據是明晚期書畫家董其昌在《容台集》中對《清明上河圖》的推測：「南宋時追摹汴京景物，有西方美人之思」，及清代孫承澤在《庚子消夏記》中的記載：「《清明上河圖》乃

南宋人追憶故京繁盛也。」

　　認為張擇端是金人觀點的專家，其根據是《清明上
河圖》最早的題跋出自金人之手，且張擇端的名字兩宋
畫院均不見著錄。

　　然而，更多專家學者透過對《清明上河圖》的研究
考證，認為張擇端是北宋人。

　　《清明上河圖》卷後金代張著題跋中，明言張擇端
的身分為「翰林」，並進一步指出，張擇端遊學於京
師，後習繪畫，尤喜畫舟車、市橋、郭徑。張著的題跋
是關於張擇端身世最早的記載，目前張擇端是北宋人的
觀點最具說服力。

　　而關於《清明上河圖》中的「清明」與「上河」是
什麼含義，學界更是眾說紛紜。

　　《清明上河圖》描繪的是清明時節，從金代以來，
都沒有任何的異議。「清明」一詞，最早出現於金人張
著的跋文，在他的跋文中提到了張擇端有《清明上河
圖》和《西湖爭標圖》，從此《清明上河圖》的名稱才
定下來。

　　這幅畫不但有宋徽宗的瘦金體題簽、雙龍小印，並

且還有宋徽宗的題詩：詩中有「水在上河春」一句，可以斷定這畫卷描繪的是春天的景色。近代和當代的美術史家鄭振鐸、徐邦達、張安治等，都贊同「清明節」說。

第一個對「清明節」說提出異議的，是開封市教師孔憲易。1981年他在《美術》第2期發表了《清明上河圖的「清明質疑」》一文，提出八點質疑：

畫的開始，有一隊小驢馱著木炭從小路而來。這是畫家在告訴觀者，這些木炭是準備接下來過冬禦寒用的。秋季營運冬季貨物比較合理，商人早在春天營運冬季貨物有違常識。

畫面有一農家短籬內長滿了像茄子一類的作物，趙太丞家門口垂柳枝葉茂盛，畫面上還出現了光著上身的兒童，這些都不可能是清明時節的事物。

畫面乘轎、騎馬者帶著僕從的行列，上墳後回向城市一段，孔憲易對人物形象分析之後認為，這群人更像是秋獵而歸。

畫上有十多個持扇子的人物形象，除個別上層人物有可能用扇「便面」以外，一般群眾也持扇，這說明是

春秋季節用於驅暑驅蚊的，應該不是清明時節。

畫面上多次出現草帽、竹笠這些禦暑和禦雨的東西，圖中並沒下雨，這肯定是禦陽用的，根據當時的氣候，清明節應該不會用這些東西。

畫面上有一處招牌上寫著「口暑飲子」的小茶水攤。如果「口暑飲子」中的「暑」字與今天的意思一樣的話，這足以說明它的季節。

在虹橋的南岸、北岸，橋上有幾處攤子上放著切好的瓜塊，很可能是西瓜。

第八，畫面上臨河的一家酒店，在條子旗上寫著「新酒」二字，孔憲易查閱了資料，兩宋間沒有清明節賣「新酒」的記載，而有「中秋節前，諸店皆賣新酒」的記載。至於「彩樓歡門」，根據宋代孟元老《東京夢華錄》的記載，東京酒店的「彩樓歡門」是永久性的，而不是清明節特有的標誌。

從畫中的「城門樓」來看，《清明上河圖》可能是描繪從清明坊到虹橋這段上河的景色的畫卷，所以「清明」指的應該是「清明坊。」

繼教師之後，又有人發表了文章《宋代形象史料

〈清明上河圖〉的社會意義》，認為「清明」既不是指節氣，也不是指地名。這裡的「清明」一詞，本是畫家張擇端進獻此畫時所作的頌辭，因此距北宋較近的金代留下跋文說：「當日翰林呈畫本，承平風物正堪傳。」點明此圖的主題，是表現承平風物。這個「清明」是指政治開明。

有教授對「政治清明」一說表示認同，並進一步證明了這種可能性。北宋長期實施「偃武修文」國策使國家經濟趨於繁榮，出現了唐朝之後的又一個太平盛世。《清明上河圖》中展現出的磅礴氣勢和繁盛景象，最能代表宋徽宗趙佶「偃武修文」的治國思想。也有學者提出異議，《清明上河圖》中也描繪了乞討的乞丐，官衙門口坐著的懶散的士兵，這些與太平盛世相悖的另一番景象又該如何解釋？

此外，《清明上河圖》中的「上河」又是什麼含義呢？《東京夢華錄》記載：汴河自西京洛口分水入京城，東去泗州入淮，運東南之糧。根據這段文字，由西北向東南是下水，反之是上水。因此有專家學者認為「上河」即汴河上逆水行舟之意。然而，也有專家學者

提出了不同的觀點。

根據《清明上河圖》卷後明代李東陽的題跋記載：「上河者雲，蓋其世俗所尚，若今之上塚然，故其如此也。」這就是一些專家學者提出「上河」即是「上墳」一說的重要依據。然而，還有專家學者提出了不同觀點，認為「上河」不能作為動詞解釋，而應該作為專用名詞解釋，如果按名詞解釋「上河」應該是指御河。

儘管現在有些專家的觀點並不能完全令人信服，但這些研究對《清明上河圖》無疑是突破，期待在未來對《清明上河圖》的不斷研究中，能一一解開這些謎案。

## 【話說歷史】

就算沒有這些謎案，《清明上河圖》仍有它獨特的藝術魅力，經久不衰。

# 王實甫：
# 《西廂記》寫作疑雲

被《紅樓夢》中林黛玉稱為「詞句驚人，餘香滿口」的元代雜劇《西廂記》，取材於唐代元稹的小說《會真集》（又名《鶯鶯傳》），講述的是一個才子佳人最終喜結良緣的故事。

窮書生張生與相國家的小姐崔鶯鶯一見鍾情，然而他們的愛情卻遭到鶯鶯的母親崔夫人的強烈反對，在鶯鶯的丫鬟紅娘的幫助下，最終張生取得了功名，衣錦還鄉迎娶了崔鶯鶯。數百年來，這個雜劇所表達的「願天下有情人終成眷屬」的祝願，深深地打動著年輕男女的心弦。

在中國文學發展史上，《西廂記》與《紅樓夢》並列，被譽為「中國文藝中的雙璧。」

《西廂記》原刊本現在已無從見到，現存的大都是明人校訂本。也正是從明代開始，對於《西廂記》的作

者是誰，出現了幾種不同的觀點。

元末鍾嗣成的《錄鬼簿》認為是王實甫，明初朱權的《太和正音譜》及稍後王世貞的《藝苑卮言》也持有同樣看法。

幾乎與此同時，又有人提出《西廂記》是關漢卿所作，更有人提出《西廂記》是關漢卿作王實甫續或王實甫作關漢卿續三種不同見解。

《西廂記》全劇共五本二十一折，所謂「關作王續」、「王作關續」，意即其中第五本是由王或關補續。

王實甫和關漢卿的生平史上鮮有記載，後人知之甚少，因此《西廂記》究竟出自誰人之手，難以考證，因為各家都拿不出證據確鑿的理由來。

主張「王作關續」最早的明代戲曲作家徐復祚在《三家村老委談》中，指出《西廂記》第五本「雅語、俗語、措大語、自撰語層見迭出」，文學風格和語言與前四本不統一。

明末卓人月將《西廂記》第五本和前四本分別與宣揚「始亂終棄」的《鶯鶯傳》作了比較，認為《西廂

記》前後出入較大，「若王實甫所作猶存其意，至關漢卿續之則本意全失矣」（《新西廂》自序），也主張「王作關續」。

明崇禎十二年張深之校正本，更是明署「大都王實甫編，關漢卿續」，到了清初，金聖歎批本《第六才子書》盛見流行，「王作關續」說也幾乎就成了一時的定論了。

後來比較通行的看法，都認為《西廂記》為王實甫一人所作。學者認為，所謂「王作關續」，是封建統治者對《西廂記》的排斥和醜詆。也認為，《錄鬼簿》和《太和正音譜》的說法是可信的，而關漢卿也是作過《西廂記》的，不過並不是雜劇，而可能是小令（《樂府群珠》卷四中，就有關漢卿作的總題為《崔張十六事》的《普天樂》小令十六支），這就是後人誤傳關漢卿作或續作《西廂記》雜劇的由來。

從60年代初開始，陸續有人在前人研究的基礎上提出新見解。

例如，既否定王實甫獨作說，也不贊成「王作關續」說。並認為，《西廂記》確實原屬王實甫的創作，

但那不是多本連演的雜劇。

元雜劇的通例是一本四折，每折由一人獨唱到底，而現存的《西廂記》卻打破了這些限制，在王實甫生活的元代前期還不具備這種條件。

再則，《西廂記》與公認為王實甫所創作的《麗春堂》等劇相比，思想內容和藝術成就都有極大的差異。因而可以推知現存的《西廂記》是在元曲創作陣地南移到杭州，受到南戲影響後，由元代後期曲家在原有基礎上改編而成的。

其中第五本所用的曲調完全打破了前四本遵用北曲聯套的習慣，唱法也不盡相同，自由運用聲腔尤見進步，證明第五本尤為晚出。

不久前，又有人從《西廂記》全劇情節發展的時間上的疏漏，結局與主題的不同等方面，論證了第五本非王實甫所作，認為《西廂記》，在第四本「驚夢」之後便告結束，不僅符合中國傳統戲曲的結構特點，而且改變了當時戲曲作品以大團圓來結尾的通病，否定了夫榮妻貴、衣錦榮歸的封建正統觀念，無論在思想上，還是在藝術手法上，都極其高明，令人回味。

　　而第五本的結局，只有在元末知識份子的社會地位，因為重新開放科舉仕進之階而有了一些變化之後才可能產生。同時，從史料記載來看，無論是最早有關《西廂記》記載的元人周德清的《中原音韻》，還是明初朱權的《太和正音譜》，都只摘引了《西廂記》前四本，而沒有任何第五本的資料，因此推斷「王西廂」的原本應是四本，金聖歎將第五本定為「續書」還是有一定道理的。

　　《西廂記》的作者之謎在各家的討論中非當沒有定論，反而越顯撲朔迷離。這一切，還有待人們進一步研究。

【話說歷史】

　　歷史上，「願天下有情人終成眷屬」這一美好的願望，不知成為多少文藝作品爭相表現的主題，而《西廂記》正是描繪這一主題最成功的戲劇。

# 曹雪芹：
# 《紅樓夢》一書創作疑案

明清四大名著之一的《紅樓夢》是中國一部享譽中外的古典小說名著，人們欣賞它、研究它，以至於逐漸形成了一門特殊的學問──「紅學」。而在所有研究話題中，作者是誰？無疑是最熱門的一個。

《紅樓夢》最初的幾個版本，都沒有作者署名，出版家程偉元曾在《序》中說：「作者相傳不一，究未知出於何人，唯書內記曹雪芹先生刪改數過。」寥寥數語，道出了這部小說最早的鑒賞家們，在作者問題上的困惑。

那麼《紅樓夢》的作者到底是誰呢？最初認定《紅樓夢》作者為曹雪芹的，是與曹雪芹大略同時的清代著名詩人袁枚。他在《隨園詩話》裡說：「康熙年間，曹棟亭為江寧織造……其子曹雪芹，撰《紅樓夢》一書。」

　　1921年，胡適先生的《紅樓夢考證》發表以來，《紅樓夢》為江寧織造曹寅的之後曹雪芹所作的觀點成為了學術界的主流觀點，並為世人所接受。成為現在為大家所公認的一種通俗觀點。胡適先生將歷史考證學的方法用於文學考證，透過與曹雪芹同時在南京為官的袁枚的《隨園詩話》的記載的一句話：「康熙間，曹練亭(練當作棟)為江寧織造，每出擁八騶，必攜書一本，觀玩不輟。人問：『公何好學？』曰：『非也。我非地方官而百姓見我必起立，我心不安，故藉此遮目耳。』素與江寧太守陳鵬年不相中，及陳獲罪，乃密疏薦陳。人以此重之。其子雪芹撰《紅樓夢》一書，備記風月繁華之盛。中有所謂大觀園者，即餘之隨園也。明我齋讀而羨之。」等證據，考證出《紅樓夢》的作者應該是就是曹雪芹。胡適先生的考證極為精密，以至於他考證的結果，成為史學界最經得起考驗的成果，《紅樓夢》的作者是曹雪芹的說法也近乎成了學界的定論，為世人廣為接受。

　　但是，並不是所有人都認同這種觀點，實際上，這一百多年來一直有人對《紅樓夢》為曹雪芹所作提出質

疑。

首先，人們發現《紅樓夢》本身交代的成書過程不符。據《紅樓夢》第一回敘述：某空空道人在訪道尋仙時，「見一大塊石上字跡分明，編述歷歷」，「因不干涉時世，方從頭至尾抄錄回來，問世傳奇。從此空空道人因空見色，由色生情，傳情入色，自色悟空，遂易名為情僧，改《石頭記》為《情僧錄》。東魯孔梅溪則題曰《風月寶鑒》。後因曹雪芹於悼紅軒中批閱十載，增刪五次，纂成目錄，分出章回，則題曰《金陵十二釵》。」這就明白地告訴了人們，《紅樓夢》來自石頭本身，空空道人是傳抄者，曹雪芹只是「批閱」、「增刪」者而已。

其次，與脂硯齋的一條眉批矛盾。「脂硯齋」是《紅樓夢》作者最親密的親屬或朋友，瞭解作者的各方面，熟知作者創作的全過程，早期抄本的《石頭記》都有脂硯齋的評語，他的閱批幾乎與《紅樓夢》的創作、修改過程相始終。因此，他的批語具有相當的權威性。

脂硯齋在庚辰本第十三回的一條眉批說：「讀五件事未完，余不禁失聲大哭，三十年前作書人在何處

耶？」據考曹雪芹是1762年（壬午）除夕去世的，庚辰本1760年問世時，曹雪芹尚健在，如果作者是曹雪芹的話，脂硯齋為何會作此眉批？

第三，最早認定作者為曹雪芹的袁枚說法有誤。袁枚雖與曹雪芹同時，但對曹家並不瞭解，比如，按曹氏宗族的譜系，「亭」和「芹」之間應是祖孫關係，但袁枚卻把「棟亭」和「雪芹」說成父子關係；有如，他把《紅樓夢》的內容說成是「備記風月繁華之盛」，以為是專寫妓女和妓院生活的書，其間錯漏百出。因此，他的敘述有可能只是道聽塗說，以訛傳訛，不足為信。既然曹雪芹只是「披閱十載」的增刪者，那麼，《紅樓夢》的原作者是誰呢？

1979年，中國著名戲曲專家戴不凡發表了名為《揭開紅樓夢作者之謎》論文，提出曹雪芹不是《紅樓夢》的『一手創纂』或『創始意義』的作者，他是在『石兄』的《風月寶鑑》舊稿的基礎上，巧手新裁，改作成書的。總之，曹雪芹只是小說的『改作者』。」石兄才是此書的真正作者。但是又拿不出充足的證據來證明「石兄」這個人的存在。

　　另外還有以王夢阮為代表的《紅樓夢索隱》派，提出《紅樓夢》為順治帝福臨為董鄂妃而作的說法；蔡元培提出《紅樓夢》是清代康熙年間出現的政治小說的說法；也有人提出《紅樓夢》的作者為世傳為康熙朝大學士明珠的兒子納蘭成德；前段時間又有學者提出《紅樓夢》是曹雪芹的父親曹頫所作的觀點；甚至還有人提出《紅樓夢》是曹雪芹的戀人薛香玉所作……總之是各有說法，又都難以服眾。

　　作為一部曠世經典，《紅樓夢》值得後人作進一步的研究和考證，也許有一天，人們能在發現更為驚人的研究結果。

## 【話說歷史】

　　不管作者是誰，曹雪芹「披閱十載，增刪五次」，乃至「淚盡而逝」的傑出貢獻，將永遠同《紅樓夢》這部偉大著作一起，輝煌於後世。

# Chapter 3

# 文人墨客祕案：

## 「眞名士自風流」背後的眞相

# 千古之謎：
# 屈原為什麼選擇
# 「鬼節」投江

屈原是中國文學史上最偉大的浪漫主義詩人，也是著名的政治家。

其偉大的愛國之情被後世傳誦千古。但後人也不免發問，屈原為何要投江呢？而且還選擇在楚國認為是鬼節的五月初五這一天呢？

屈原是戰國時期楚國人，也是中國歷史上偉大的政治家和文學家，據說他因為受到政治迫害，而被流放，在楚國滅亡之際，「屈原至於江濱，披髮行吟澤畔……於是懷石遂自投汨羅以死。」《史記‧屈原列傳》。

但是屈原為何投江，為什麼要選擇溆浦作為他流放的棲身之地，為什麼還選擇被稱為鬼節和凶日的五月初五這天自殺，一直讓後世迷惑不解。

屈原為什麼要選擇溆浦作為他放逐的居住之地？為什麼要選擇陰曆蒲月初五投江？兩千多年前的這些謎團

又有了新的論點。

屈原是被流放照舊受楚王差遣派遣。兩千多年前，屈原離開楚國郢都，渡長江，過洞庭，溯沅水，不遠千里的離開而今的懷化市漵浦縣，他的目標是什麼？歷代研討者有「放逐」、「流放」、「構造抗秦救國」、「尋先祖之蹤」「慕『禹』之名」等幾種看法。

屈原在漵浦糊口了16年。「漵浦」一詞，最早見於屈原《涉江》一詩中的「入漵浦余儃徊兮，迷不知吾所如。」從記錄中可以看出，屈原固然一起跋涉，用時經年，但他分開楚國國都郢以後，其目標地便是漵浦。

漵浦是屈原終身中相當主要的一個網站，使他從殿堂走向了官方，走向群眾，並從大眾中吸收了厚實的文學養分，締造了楚辭。屈原在漵浦創作了除《懷沙》之外的全部作品。可以說，漵浦是楚辭之源，是屈原文明的搖籃。

有學者認為，屈原沒有在沿途的「山皋」、「方林」、「枉陼」、「辰陽」這些處所住上去，說明他的目標是漵浦而不是其他處所。

「漵浦是沅水中下游地區最大的河谷盆地，周圍山

高嶺峻，中部是一坦蕩的高山。考古出土文人證實，這裡在戰國至西漢期間，是個民族浩瀚，文明發財，戰事頻仍的計謀要地。」有研究人員也認為，屈原不是被流放到溆浦，而是受楚王的差遣派遣，帶著抗秦複郢的使命來溆浦的。

　　這也是汗青上的所謂「南人反秦」。研究人員綜合各個分歧論點剖析說，屈原本來溆浦是有目標的，是到這裡來構造黔中軍民「抗秦救國」和「看看楚懷王用生命掩護的處所(楚懷王謝絕割讓這塊地給秦國，才被監禁，最後客死秦國)」這兩種論點有肯定原理。

　　農曆五月初五是楚國的凶日和鬼節。屈原為何選擇鬼節投江自盡呢？有人認為屈原早在溆浦就已萌生了「忽乎吾將遠行」的離世思想；在《離騷》中也兩次說到要像彭咸（原殷朝賢臣，因諫不成而投水自盡）那樣投水而死。

　　此後在《思美人》、《悲回風》中同樣多次提到彭咸。因此他就在這天投汨羅江自殺了，選擇這天只不過是「碰」上的。

　　在湖北一帶有這樣的傳說：相傳屈原遭奸佞中傷

後，被楚懷王流放到沅湘荒蠻之地。

楚懷王在秦國死後，頃襄王繼位。當時的楚國已經十分地腐敗，秦軍經常犯楚，佔領了楚國不少地方，後來又攻破了郢都，並追殺頃襄王。頃襄王非常悔恨，當初不該親秦，更不甘心楚國近八百年的基業毀於自己手中，於是他想到了被流放在汨羅江一帶的屈原，就去找他商議救國大計。

秦軍聞訊後緊緊追來，在這危急關頭，屈原與頃襄王換了衣服，並且在秦軍的視線下跳進了汨羅江。秦軍看到「頃襄王」沉入江中，停止了追殺，進而使頃襄王得以脫險。

也有人說屈原是為追隨舜帝，所以在這天自殺的。因為屈原是一個非常浪漫的詩人，他對自己的出生時辰是否吉祥和富有的含義看得很重，他曾稱自己是太陽神的後裔。而舜帝正是楚國人信仰的太陽神，並且楚人會在五月初五拜祭舜帝。屈原曾暢想他跟隨舜帝暢遊仙山，「與天地兮同壽，與日月兮齊光。」「既然活著時沒法去瞻仰，就只有一個辦法實現瞻仰的願望。」學者分析，不難理解，屈原有意在舜帝的祭日這一天投水，

以便隨同冉冉上升的太陽融為一體，與心儀已久的先帝
堯、舜以及彭咸等忠臣相聚一堂，去完成在人間無法實
現的「美政」和「德政」。

　　屈原投江以後，人們為了紀念這位偉大的愛國詩人，
就命名五月初五為端午節，每年都來紀念他。也許，從
屈原投江以後，一切的祕密都已經隨他而去，今人的觀
點也不過都是揣測而已。


## 【話說歷史】

　　有些史學家認為，楚懷王之子頃襄王繼位後，屈原
的政敵對其進行謀殺。刺客在汨羅江上乘龍舟追殺屈
原，屈原乘另一隻龍舟飛快逃跑。最後被刺客裝入麻袋
投入江中，並說此即為賽龍舟和包粽子之情形。端午的
解釋是：「端」就是端正、澄清之意，「午」是「忤」
的通假字，「端午」就是澄清謊言的意思。

## 蔡倫之死：
# 中國史上著名的
# 知識份子自殺事件

　　眾所皆知，四大發明是中國的驕傲，說起四大發明，就不能不提到蔡倫。

　　作為造紙術的發明者或改進者，蔡倫的名字可謂家喻戶曉，婦孺皆知，可是卻很少有人瞭解他的人生軌跡，而他的最後歸宿則更不為人所知。

　　說蔡倫最偉大，自然不會有任何異義，因為造紙術位列中國人的「四大發明」之首，另外三項火藥、指南針和印刷術均孕育發生於他身後一千年的宋代。在一部美國人寫的《影響世界人類歷史進程的100名人》中，蔡倫名列第7，在中國人中僅次於孔子（第5），排在他後面還有三個政治人物秦始皇、隋文帝、毛澤東和兩個知識份子，老子和孟子分別列第73和第92。

　　蔡倫大約生於西元63年，湖南郴州人，曾任尚書坊，主持朝廷用的各種器物的製造。

西元105年，他用樹皮、破布、麻頭、魚網造出紙張，呈送給漢和帝，受到獎勵，官封龍亭侯（今陝西洋縣），後人戲稱他「蔡侯紙」，他的發明也因而推行開來。

西元75年，十多歲的蔡倫離開生他養他的父母，被帶到了幾千里之外的京城洛陽，進了宮，開始了做太監的生活。

所有這一切，會在一個孩子的心上留下怎樣的烙印，每一個有感情的人都可以想像得到，但沒有誰能夠真正感受到。

既來之，則安之，小蔡倫從進宮的那天起，就決定要做一個出人頭地的大太監。

在這個「遠大」理想的指導下，他一面做好本職工作，一面好好學習，天天向上，第二年，就當上了小黃門。不久，蔡倫就被提升為主管公文傳達的黃門侍郎，有了接觸帝后妃嬪，王公大臣的機會。

俗話說：常在河邊走，哪能不濕鞋？蔡倫和后妃們見面交往多了，結果不由自主地介入了她們之間的明爭暗鬥。

　　當時，漢章帝的竇皇后肚子不爭氣，生不出兒子來，所以她一看見有了龍子的妃嬪，就妒火中燒，暗地裡則想方設法要將她們除掉，而人們口中的科學家蔡倫竟然成了她的幫兇。

　　竇皇后先指使蔡倫誣陷太子劉慶的母親宋貴人「挾邪媚道」（就是借助歪門邪道迷惑皇上），逼她自殺，並將太子廢為清河王；接著她又安排人寫匿名信陷害皇子劉肇的母親梁貴人，並強行將尚在襁褓之中的劉肇帶走，當成自己的兒子，並讓皇帝立其為太子。對於蔡倫來說，宋貴人之死成了他命中的「蕭何」，既為他帶來了意想不到的高官厚祿，也早早給他挖好了埋身的墓坑。

　　西元88年，漢章帝駕崩，10歲的劉肇繼位，這就是漢和帝，由以前的竇皇后，現在的竇太后垂簾聽政。

　　竇太后一掌權，蔡倫的春天來了，他因為害人有功而被提拔為中常侍，隨時陪在小皇帝身邊，參與國家大事，相當於部級領導，俸祿兩千石。東漢後來的滅亡和太監亂政有著極大的關係，而蔡倫正是後漢宦官干政的始作俑者。

　　十年之後，蔡倫的靠山竇太后薨（ㄏㄨㄥ）逝，但他馬上投靠了新主子，和帝的皇后鄧綏。

　　實事求是地說，這個新主子並不是個壞人，而且在歷史上是有較高地位的。

　　鄧皇后是個才女，喜歡吟詩作賦，舞文弄墨，同時她又是一個喜歡節約，不尚奢華的人，所以她非常需要一種比帛紙省錢，質地又好的紙張來寫字畫畫。

　　從小就聰明伶俐的蔡倫到這時才發現自己真正有了用武之地，於是，他自告奮勇兼任主管御用器物製作的尚方令，懷著為主子鞠躬盡瘁死而後已的精神專心改進造紙技術。

　　他總結西漢以來造紙經驗，利用樹皮、破布、麻頭、漁網等原料精心製造出優質紙張，且受到皇帝皇后的特別嘉獎和通報表揚，造紙術也因此在東漢全境得以推廣。

　　就在蔡倫成功改進造紙術這一年，劉祜當上皇帝的消息絕對把蔡倫嚇了個半死，他的被廢和他母親宋貴人的被害正是蔡倫和竇皇后二人的合謀。

　　簡單地說，就是蔡倫曾經廢掉了（當然是間接的）

新皇帝的親爹，害死了新皇帝的親奶奶。蔡倫揪著心過日子的生活開始了，他一定無數次地夢見新皇帝把他的腦袋割下來當球踢。

就在蔡倫忐忑不安時，鄧太后丟下他撒手而去了，他感覺一下子跌到湖底了。

鄧太后死了，漢安帝親政了，蔡倫的好日子終於走到盡頭了，已經長大成人的皇帝即將對他展開報復。蔡倫是個愛面子的人，覺得與其坐以待斃，受辱而死，還不如自行了斷，一了百了，於是他選擇了後一條路。西元121年，為造紙術的發展做出了重大貢獻的傑出科學家蔡倫，在京都洛陽自殺身亡。

相比詩人屈原的自殺，後者已經盡人皆知，且已經有節日紀念，而蔡倫的自殺不大為人所知，而其影響力倒是世界性的。

有意思的是，今日在中國有兩個蔡倫墓，一個在他的封地陝西，另一個在他的老家湖南。世界上，有許多國家都刊行過紀念蔡倫的郵票。

據《後漢書‧蔡倫傳》記載，蔡倫主管尚方期間，曾「監作秘劍及諸器械，莫不精工堅密，為後世法。」

近代考古發掘的實物也證明確實如此。尚方令本來是少府屬官，主管刀劍等各種宮廷御用器具的製造，與中常侍高位根本不相稱，但蔡倫盡力討好，凡是帝、后喜歡的器物，都在尚方精製。

造紙術是中國古代科學技術的「四大發明」（指南針、造紙術、印刷術、火藥）之一，是中華民族對世界文明做出的一項十分寶貴的貢獻，大大促進了世界科學文化的傳播和交流，深刻地影響著世界歷史的進程。

## 【話說歷史】

元初五至六年（西元118～119年）蔡倫又被提升為長樂太僕，相當於大千秋，成為鄧太后的首席近侍官，受到滿朝文武的奉承。正當他權位處於頂峰之際，建光元年（西元121年）鄧太后卒，安帝親政。

蔡倫因為當初受竇后指使參與迫害安帝皇祖母宋貴人致死、剝奪皇父劉慶的皇位繼承權而被審訊查辦。蔡倫自知死罪難免，於是自盡而亡。

# 塵封的歷史：
# 畢昇有太多的謎

畢昇發明的活字印刷術雖然為世界文明的傳播作出了卓越的貢獻，在中國浩如煙海的史籍中，對術發明者畢昇的生平事蹟卻記載很少。有限的記載僅見於北宋沈括的《夢溪筆談》：「……慶曆中（即西元1041～1048年）有布衣畢昇又為活板……」從原文短短200多字的記載中，僅知道畢昇為北宋仁宗時期的一個平民，關於畢昇的生平如籍貫、家世、經歷、生卒年月等均無記述，而其他「稗官野史」也未發現任何線索給後人留下諸多不解之謎。

## 一、畢昇的籍貫

千百年來，對畢昇籍貫眾說紛紜，大致有三說：

1、汝南說。因明人強晟《汝南詩話》記傳，畢昇所造活字在汝南出土，遂有汝南說。

2、益州說。清人李慈銘在元人王士禎《居易錄》

上批註，謂畢昇為「益州（成都）人」，但未提供任何
證據。作為揣測，學術界無法承認。

3、杭州說。有學者懷疑畢昇「乃杭州一雕板良
工」，另有學者則懷疑畢昇與沈括有親戚關係，因而推
測「因沈括是杭州人，畢昇可能也是杭州一帶人。」因
《夢溪筆談》載有「昇死，其印為予群從所得」可推猜
畢昇和沈家或者是親戚，或者是近鄰的依據。因杭州是
當時雕版印刷較為發達的地區，活字版在這裡發明，也
是符合歷史規律的。

4、蘄州說。因畢昇墓地在宋代屬淮南路蘄州範
圍，有畢昇及其子孫墓碑實證。

## 二、畢昇墓碑存在爭議

1990年畢昇墓碑在英山草盤地鎮五桂村畢家坳發
現。遺憾的是墓碑最關鍵的年號字樣，恰是嚴重損壞之
處，成為專家們爭論的焦點。

1993年10月16日至20日，英山縣邀請湖北文物界、
史學界專家教授對畢昇墓碑進行鑒定。六位專家一致認
為：根據畢昇墓碑的形制、花紋、結構及碑文內容考
證，確認此碑是北宋皇祐四年（1052年）所立。墓主即

驚訝程度100%！
你沒聽過的 歷史真相
Surprise! Surprise!
The Truth Underneath History

是北宋時期活字印刷術發明家畢昇墓，畢文忠墓碑及其墓地的發現進一步證實，該地即是畢氏家族的故里和墓地所在。

　　不過也有其他判讀。一些專家對英山發現的畢昇墓碑提出質疑：英山的畢昇墓碑是宋碑還是元碑？其年款是否為元之「皇慶」？此外，還有專家認為年款第一字可讀「重」字，斷定此碑立於宋徽宗的「重和」年間(1118－1119年)，故不是北宋活字印刷術發明者畢昇的墓碑。亦有專家將年款判讀為「景」字或其他字，亦斷定英山發現墓碑不是畢昇墓碑，此畢昇乃同名同姓而已。同時，在墓碑的花紋圖案、墓碑避諱等問題上也存在分歧意見。

　　1995年12月26日至28日，由中國印刷技術協會、中國編輯學會、湖北省文物管理委員會、英山縣人民政府等六家聯合，在英山再次召開畢昇研討會，經28名專家學者鑒定，再次確認畢昇故里在英山。此外，畢昇墓碑附近發現了碗底刻有「畢廿四、畢卅八」字樣的兩只陶碗，以及至今仍叫畢家坳、畢家鋪、畢家畈等地名，佐證了畢昇是淮南路蘄州(今湖北英山)人。後畢昇墓碑仿

製品陳列在中國印刷博物館。

### 三、畢昇的職業：工人還是士人

沈括在《夢溪筆談》卷十八中說畢昇是布衣，布衣即平民，也習慣上多指未入仕途之人。同書卷二十又說畢昇是老鍛工。顯然，布衣是他的身分，鍛工是他的職業並不矛盾。據此有人認為畢昇是刻字工人成為流行最廣的說法。不過，有人從「昇」和「升」同音異子認為是兩人，進而認為畢昇是書肆良工，因為只有熟悉或精通雕版技術的人，具備相當文化程度且擁有大量資財才有可能成為活字版的發明者。這從《夢溪筆談》載有「昇死，其印為予群從所得」可知。

### 四、畢氏後人的去向

畢昇是英山草盤人，草盤也有不少叫畢家坳、畢家鋪、畢家畈的地名，可是為什麼卻難以找到畢姓的後人呢？畢氏後人的去向成了千百年來的一個「謎」。

原來畢昇雖然發明了活字印刷術，但在當時並未得到官方的肯定與推廣，其子孫後裔不甘心祖上的心血付之東流，於是繼承了畢昇的印刷技藝，未經官方批准在商業發達的華東地區擅自大興印刷業而獲罪，招致滿門

抄斬。此後，畢氏後裔在宋元明三個朝代歷盡坎坷，幾遭殺戮，僥倖活著的或逃亡他鄉，或隱姓埋名。

據史料記載，英山草盤鎮現在的蕭家河，就是當年的畢家河，後來當地畢姓人丁稀少後，李姓人成了望族，於是將畢家河更名為李家河。但到明朝末年，李自成起義失敗，李姓也遭受畢氏同樣厄運，於是在「李」字頭上加一撇，改姓「季」了。這以後蕭姓成為當地望族，於是李家河又變成了蕭家河。這也就是英山草盤一帶有畢家寨、畢家坳等地名，卻難找畢姓人的原因。

### 【話說歷史】

關於畢昇的生平事蹟，人們一無所知，幸虧畢昇創造活字印刷術的事蹟，比較完整地記錄在北宋著名科學家沈括的名著《夢溪筆談》裡。

活字印刷術的發明，為人類文化做出了重大貢獻。這中間，中國的平民發明家畢昇的功績是不可磨滅的。

# 詩人李商隱：
## 為什麼說他是牛李黨爭的犧牲品

　　中國科學制度是中國歷史上，透過考試選拔官員的一種基本制度。它源於漢朝，創始於隋朝，確立於唐朝，消泯於清末，而唐朝可以說是科舉制度真正發展起來的時期，它對漢代到魏晉南北朝的選士經驗教訓進行了總結汲取，比較詳明嚴密地開創了考試取士的規模，具有一定的客觀標準，也就是選賢任能。在當時的歷史條件下，一般出身低微的知識份子就有了打破舊的嚴格的封建等級界線，進入仕途的機會。

　　然而，任何事情都是雙面的，有利必有弊。庶族們的平步青雲讓養尊處優的士族們感到強烈的心理失衡。於是，正當文人才子們都在寒窗苦讀，為擠過這道狹窄的入仕門而爭得你死我活、頭破血流的時候，一場政治鬥爭在文人間如火如荼地展開了。這就是「牛李黨爭」的時代背景。在當時，有兩個兩耳不聞窗外事的書生牛

僧孺、李宗閔對此毫不知情，一門心思想著如何中舉，
卻在不知不覺中踏入了黨爭的泥淖。

　　唐憲宗元和三年(808)，長安制科考試，舉人牛僧
孺、李宗閔在策論中批評時政，得到考官的賞識，但因
為二人的考卷中抨擊了宰相李吉甫，於是李吉甫從中作
梗，對二人久不續用。誰知此事卻引致朝野譁然，爭為
牛僧孺等人鳴冤叫屈，譴責李吉甫嫉賢妒能。唐憲宗迫
於壓力，只好將李吉甫貶為淮南節度使，另任命宰相。
至此，朝臣分成兩派，互相對立。但真正的「牛李黨
爭」，是在牛僧孺和李林甫之子李德裕上臺之後開始
的。

　　唐穆宗在位期間，牛僧孺曾一度為相，一次科舉考
試由牛黨人物錢徽主持，其中牽涉李宗閔等人。時任翰
林學士的李德裕指斥李宗閔等人主持科考舞弊。結果李
宗閔等人被貶官，鬥爭逐漸趨於複雜化。

　　就這樣，朝廷中形成以牛僧孺、李宗閔為首的「牛
黨」和以李德裕為首的「李黨」兩派，相互傾軋四十餘
年。牛李兩黨的政治主張截然不同，主要表現在：李黨
力主摧抑藩鎮割據勢力，恢復中央集權；牛黨反對用兵

藩鎮，主張姑息妥協。

其實，這樣的爭論仍然是有一定的歷史意義的。可是自長慶以後，黨爭的內容已經絲毫看不到有意義的內容，而完全是一些能將對手打倒在地的雞毛蒜皮的小事。唐代黨爭已經完全演變成了一場爭權奪利的政治鬥爭，這正是唐代黨爭的實質所在。官僚之間的鬥爭不斷升級、擴大。那麼，牛李黨爭之事與晚唐著名才子李商隱又有何關係呢？為什麼說李商隱是牛李黨爭的犧牲品呢？原來，這一切都與牛黨的令狐楚有關。據《舊唐書‧李商隱傳》的記載，李商隱少富文采，儒雅風流，深受當時鎮守河陽的令狐楚的賞識。按照這個節奏，在令狐楚的引薦下，李商隱的仕途必將一片輝煌。可是不巧的是，鎮河陽侍御史王茂元也對李商隱青睞有加，並將自己的女兒嫁給了李商隱。王茂元是李黨領袖李德裕的親信，李商隱娶了王茂元的女兒，無形中就是靠攏了李黨。此事被令狐楚知道後，大罵李商隱背信棄義，任李商隱多次找令狐楚解釋自己並無心與牛黨為敵，仍得不到令狐楚的原諒。

由於處境尷尬，李商隱既沒辦法與牛黨交好，失去

了被引薦的機會，又不想借著岳父的關係走入政壇。再說，李黨對於李商隱曾與牛黨親密接觸的事情始終有所忌憚，更不可能舉薦他。結果滿腹經綸、才情高絕的李商隱一生備受冷落，黯然而終。或許對於李商隱而言，他的心中並沒有黨派之分，不然他也不會私下結交文人，從不過問對方黨屬。不過，他的心坦蕩自然，並不等於別人也同樣擁有君子之心，所以憑君子之心結識小人，又如何能得善終呢？看歷史上歷朝歷代「朋黨之爭」，漢、明兩朝主要是宦官與外戚或朝臣的權力之爭，宋朝則是朝臣的政見之爭，唯有唐朝的朋黨之爭畸形可笑，它不過是公卿顯官集團（李黨）跟豪強地主、暴發戶庶族（牛黨）之間的衝突。

【話說歷史】

　　鬥爭只會使一個國家越來越貧弱，而不是透過激烈的碰撞，擦出新的火花，更沒有正義與邪惡可言。所以說，處在此類夾縫環境的李商隱，儘管有再大的才華，於備顯無知的鬥爭中，也一樣只能成為犧牲品。

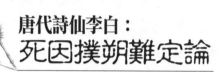

# 唐代詩仙李白：
# 死因撲朔難定論

　　李白的一生，是傳奇的一生，他從小就受過正規的教育。從他留下的一些不朽的詩篇，也可以佐證他曾遊遍各名山大川。

　　「讀萬卷書，行萬里路」的經歷，為李白日後妙筆生花打下了堅實的基礎，為他開創一代浪漫主義的詩風打下了深刻的烙印。後來李白寓居安陸達十年之久，並成為安陸的女婿。此後十年間，他又北上太原，西入長安，東至魯郡，結識了不少名流，寫下不少詩文。傳聞初至長安時，賀知章一見，驚歎為「謫仙人」，稱其詩可「泣鬼神」。

　　李白之死，歷來眾說紛紜，莫衷一是。整體可以概括為三種死法：其一是醉死，其二是病死，其三是溺死。《舊唐書》，說李白「以飲酒過度，醉死於宣城」，應該比較可信。李白一生嗜酒成性是出名的，因

有「醉仙」之稱。玩讀李白詩作，就能聞到一股濃濃的酒味。詩人的《將進酒》有「烹羊宰牛且為樂，會須一飲三百杯。」《敘贈江陽宰陸調》有「大笑同一醉，取樂平生年。」《贈劉都史》有「高談滿四座，一日傾千觴。」《訓岑勳見尋就元丹邱對酒相待以詩見招》有「開顏酌美酒，樂極忽成醉。」《月下獨酌四》之三有「醉後失天地，兀然就孤枕，不知有吾身，此樂最為甚。」李白的死，會不會與他喝酒有關呢？

第二種死法亦見諸其他正史或專家學者的考證之說，不能偏信。有學者從文獻記載的「腐脅疾」得到啟發，從醫學角度進行研究推測，說當李光弼東鎮臨淮時，李白不顧61歲的高齡，聞訊前往請纓殺敵，希望在垂暮之年，為挽救國家危亡盡力，因病中途返回，此為「腐脅疾」之初期，當是膿胸症。一年後，李白在當塗養病，膿胸症慢性化，向胸壁穿孔，由「腐脅疾」致命，最終死於當塗。但是，這也僅僅是推測而已。

而第三種死法則多見諸民間傳說，極富浪漫色彩，與詩人性格非常吻合，可信可不信。說李白在當塗的江上飲酒，因醉跳入水中捉月而溺死。但是不管哪一種死

法，都因參與永王李璘謀反作亂有著直接的關係。因為
李白流放夜郎，遇赦得還後不久，就結束了他傳奇而坎
坷的一生，這是一個不爭的事實。

五代時期王定保在《唐摭言》中記載：「(李白)著
宮錦袍遊採石江中，傲然自得，旁若無人，因醉入水捉
月而死。」這種說法認為李白是醉酒溺死的，此說正史
雖然沒有記載，但屢見於文人歌詠。

北宋初期梅堯臣《採石月下贈功甫》一詩說得最為
明白：「醉中愛月江底懸，以手弄月身翻然。」醉中在
船上愛江中皎潔月影，以手於江水中戲弄月影而翻身落
水溺死。學者安旗的觀點與之相同，他在《李白縱橫
探》「李白之死」一節中寫道：「稗官野史就完全不足
憑信嗎？從李白當時近乎瘋狂的精神狀態來看，這種情
況(指溺死)是可能的。」在他的著作中，還描繪了李白
臨終的情景：「夜，已深了；人，已醉了；歌，已終
了；淚，已盡了；李白的生命也到了最後一刻了。此
時，夜月中天，水波不興，月亮映在江中，好像一輪白
玉盤，一陣微風過處，又散作萬點銀光。多麼美麗！多
麼光明！多麼誘人！醉倚在船舷上的李白，伸出了他的

雙手，向著一片銀色的光輝撲去……船夫恍惚看見，剛才還邀他喝過三杯的李先生，跨在一條鯨魚背上隨波逐流去了，去遠了，永遠地去了。

近代學者郭啟宏力主李白是溺死的，他在《李白之死的考證》一文中寫道：「溺死在封建時代被認為(橫死)非(善終)，依古禮屬不祥，親友不能弔唁，還有礙子孫前程，為了掩飾真相，往往稱為病故。」

劉全白於李白死後二十多年撰寫《碣記》，當時，李白的兒子伯禽仍然在當塗，於是劉全白恐有礙伯禽及子孫前程，為他避諱而寫作「疾終。」於是，既顧及忌諱又不甘造假的親友提筆行文之際未免躊躇，不得已而閃爍其詞。其他的人也因為這個原因閃爍其詞。

總而言之，人們有理由相信「白也詩無敵」，但是李白只適合做一個純粹的詩人，而不是翻雲覆雨的政治家。因為詩人狂放不羈、恃才傲物的秉性根本不適合在爾虞我詐、欺上瞞下的官場混。歷覽前賢國與家，文人只要涉足官場，似乎註定沒有好下場。他們中的一些人雖然能透過科舉考試，撈得一官半職，但是那官常常做得卑微，做得窩囊。陶潛不願為五斗米折腰就是明證。

偶有位居顯要的，只是此時的文人已不再是文人，經過
官場的摸爬滾打，早已脫成一個地地道道的官員。

江淹為什麼會才盡，不是因為傳說中有人收回了他
生花的妙筆，而是違背了「窮而後工」的定律。李白一
生既想在官場上實現「輔弼天下」的宏願，又不願改變
自己狂放不羈的性格，結果也只能借詩抒懷，「痛飲狂
歌空度日」，用酒麻醉自己的靈魂，了此一生。正如
小他十一歲的好友杜甫所言，縱使能贏得「千秋萬歲
名」，那也不過是「寂寞身後事」了！

【話說歷史】
當年遠遊天下四海時最後一遊，就是當塗縣城唐代
有名的篆書家李陽冰寓居裡，萬萬沒有想到卻成了李白
最後的永垂不朽之地。

## 詩仙與名妃：
# 李白與楊貴妃
# 到底是什麼關係

　　唐朝大詩人李白，以詩仙的形象寫出了許多膾炙人口的詩歌。李白曾多次隨侍唐玄宗、楊貴妃身邊，奉旨寫出了許多詩歌以娛唐玄宗、楊貴妃遊興。

　　天寶元年（742）八月，李隆基讓李白做了待詔翰林，雖然這只是一個候補官職，卻讓李白有了接近皇帝的機會。

　　李白憑待詔翰林的身分曾多次跟隨李隆基、楊貴妃出遊。從天寶元年十月唐玄宗攜楊貴妃往驪山泡溫泉開始，唐玄宗每次攜楊貴妃遊玩，都會讓李白跟隨左右，以吟詩佐興。《侍從游宿溫泉宮作》、《宮中行樂詞十首》、《龍池柳色初青聽新鶯百囀歌》、《清平調詞三首》、《白蓮花開序》、《春日行》、《陽春歌》等詩。李白的才華讓唐玄宗刮目相看，優禮異常。

　　李白進宮，讓奢侈而沉悶的宮廷生活吹進了一股清

新的空氣，出現了後世記載的「御手調羹」、「貴妃捧硯」、「力士脫靴」等典故。

這份官職持續一年多之後，李白就被唐玄宗逐出了長安。

在李白跟隨唐玄宗、楊貴妃到處遊玩的一年裡，才子李白與美人楊貴妃必定相識，李白也曾用「雲想衣裳花想容」、「可憐飛燕倚新妝」、「花傾國兩相歡」，來形容楊貴妃的美貌。雖然李白與楊貴妃在當時並未傳出什麼緋聞，但是後人往往都喜歡把這樣的才子佳人放在一起，人們也願意相信其實李白與楊貴妃之間還是有點什麼，只是這些都沒有事實根據而已。李白與楊貴妃之間的真實關係，人們不得而知，但是至少惺惺相惜之情應該是有的。

李白曾有一年的時間接近唐玄宗，仕途通達也不是不可能。但是事情往往沒有絕對，天寶三年，也就是李白入京一年之後，李白就被朝廷放逐，離開了長安。對於正受寵的李白被放逐的原因，後世也有多種說法。

其中一種說法就與楊貴妃有著很大的關係。《新唐書・李白傳》記載，李白被逐出長安是由於楊貴妃和高

力士在皇帝面前詆毀李白。

　　但是這種說法很快遭到反駁。因為，第一，《新唐書》記載，高力士曾摘出李白詩中以趙飛燕影射楊貴妃的句子挑撥楊貴妃，說李白是在影射和揭發楊貴妃跟安祿山的淫亂祕密。這種說法讓人難以相信，李白還不至於大膽到如此直接、露骨的影射這種敏感事件。

　　此外，楊貴妃雖然「集三千寵愛於一身」，但是唐玄宗還沒有被愛情衝昏頭腦，楊貴妃干政並不可能，歷史證明，楊貴妃也沒有干政。所以楊貴妃詆毀李白的說法並不能成立，況且李白與楊貴妃之間並沒有什麼重大的利害關係，彼此之間才子佳人惺惺相惜的可能性倒是比較大。

　　再者於高力士，唐玄宗也不允許宦官干政，高力士自是十分清楚。如果說是因為一次李白酒醉後在玄宗等人面前寫詩，讓他脫靴，讓他在唐玄宗面前說李白壞話，可是當時李白正受皇寵，對於高力士這樣一個弄臣來說，難道他會不知道其中的利害關係。

　　既然李白被逐與楊貴妃和高力士無關，那麼真正的原因又是什麼？

文人墨客祕案──
「真名士自風流」背後的真相

　　《唐左拾遺翰林學士李公新墓碑序》記載，「玄宗
甚愛其才，或慮乘醉出入省中，不能不言溫室樹，恐掇
後患，惜而逐之」，李白被逐的真正原因是李白愛喝
酒、易喝醉，害怕他酒後吐真言，擔心李白酒後洩露宮
闈祕聞。

　　所以唐玄宗打消了任命李白為中書舍人的念頭，而
放逐其回家。

【話說歷史】
　　究竟李白與楊貴妃有何關係，都是野史或後人猜
測，要想真正瞭解事實，還需更多的史料證明。

## 出入帥府的女校書：
# 薛濤與元稹演繹姐弟戀

元稹是與白居易並稱「元白」的著名詩人，時人稱為「元才子」，他曾寫過《鶯鶯傳》，而且他還一度位居相位。薛濤是一位寓居成都的風流女詩人，也是中唐最傑出的女詩人。這兩個人，看似八竿子打不著，實際上他們常有詩歌唱和。因此就傳出了兩人有曖昧關係的風流韻事，這到底是緋聞，還是真有其事呢？

薛濤，字洪度，她本來是長安城中的好女兒家。因為他父親在四川當官不幸病故，家道中落。所以她和母親相依為命，猜測她父親做官也很清貧，現在失去了依靠的日子更加艱難。但薛濤敏慧善辯，通音律，善寫詩文，這應該和她父親的教育有關。

據說薛濤八、九歲時，有一天，她父親薛勳指著井邊的梧桐樹吟了一聯詩：「庭除一古桐，聳幹入雲中。」他讓薛濤將後面的詩句續接上，薛濤不假思索就

朗誦出來：「枝迎南北鳥，葉送往來風。」八、九歲的小女子竟然能夠識聲律，而且敏於文思，這應該是一位父親值得自豪的事情。但是薛勳聽到薛濤吟出的詩句後，竟然有一種難言的悲傷，這是為什麼呢？

仔細看看薛濤的詩句：「枝迎南北鳥，葉送往來風。」這不就是暗示著一種迎來送往的人生嗎？對於一個女子來說，其命運就是妓女了，所以薛濤的父親會感到難過。這兩句詩也成了薛濤的人生寫照。

十六歲時，小時候就顯示出過人才華的薛濤，這時候更是詩名遠播。但是她家生活艱難，所以她不得不入樂籍，成為成都官府的一名樂伎。樂伎就是官方的歌舞演出人員，如果官府舉行宴會，就會召集樂伎來助興作樂。這裡面的女子也可以說是官妓，時常要與這些達官要人逢場作戲。

唐德宗年間，韋皋任劍南西川節度使，他是一個能詩善文的儒雅官員。他聽說薛濤才華出眾，而且父親還是做官的，於是破格將薛濤召到帥府侍宴賦詩。韋皋自己很會寫詩，所以他對薛濤也極盡寵愛。他曾打算授予薛濤「校書」一職，但是上表朝廷未被准奏。其實這在

唐代並非是奇事，武則天時候的上官婉兒也曾憑藉著出眾的詩文才華成為女官。雖然「校書」一職未被批准，但「薛校書」之名不脛而走。中唐詩人王建（一說是進士胡曾）曾寫了一首《寄蜀中薛濤校書》：「萬里橋邊女校書，琵琶花裡閉門居。掃眉才子知多少，管領春風總不如。」從此，「女校書」、「掃眉才子」就成為薛濤的代稱。

在德宗貞元五年（西元789年），薛濤因事被韋皋懲罰，流放邊城松洲（現在四川的松潘一帶）。為什麼這位深受韋皋喜愛的才女會被流放呢？據歷史學家的推測，薛濤在韋皋帥府中可謂是春風得意，可以自由出入幕府，而且薛濤也時常對現實和政治發表點意見。這在當時是頗為禁忌的，而且韋皋覺得太過寵愛薛濤了，於是就找個理由懲罰薛濤。後來薛濤向韋皋獻《罰赴邊有懷上韋令公二首》，韋皋念及她的才情，就將她釋放了。

韋皋去世後，朝廷派宰相武元衡掛印來蜀。武元衡聽聞薛校書之名，便下令准許薛濤脫籍回家。後來的歷任節度使到成都來，她都以歌伎兼清客的身分出入幕

府。她熟知歷代幕府的政績得失，成為節度使們諮詢的對象，受到極高的禮遇。

薛濤脫籍後就住在幽靜的浣花溪，但是美女詩人，仍然芳名遠播。有很多慕名拜訪的人，從權傾一方的節度使和著名文人，到幕府佐僚、貴胄公子和禪師道流，她都能和他們交往。

薛濤還和當時著名的詩人白居易、張籍、王建、劉禹錫、杜牧、張祜等人有詩歌唱酬。當然，這些大多數是應酬，而最令她動情的男人卻是相見恨晚。那麼，這個男人是誰呢？

唐憲宗元和四年（西元809年）三月，元稹以監察禦史身分出使東川，曾經就專門繞道成都去拜訪了薛濤。他就是薛濤一見傾心的男人，元稹不僅才華出眾，而且儀表堂堂，為人正直但不失風流雅韻。他這次來東川監察案件，就辦了不少地方官員，但是他也不忘來成都拜訪美女詩人薛濤。

元稹很有才氣，他寫了有名的傳奇故事《鶯鶯傳》，據說這就是他的初戀故事。他能讓純情少女崔鶯鶯深夜前來私會，可見他的魅力不凡。那麼，女詩人薛濤和元

積相見的情形如何呢？

　　最早記錄此事的是唐末範攄的《雲溪友議》：元積到四川的時候就很想見見薛濤，但是因為在東川處理事情一直難以相見。一個月後繞道來到成都，就讓司空嚴綬引見。

　　薛濤一見號稱「元才子」的元積，產生了從來沒有的愛情。這個時候，元積30歲，薛濤都已經39歲了，她仍然風韻猶在。這段感情若是真的存在，這就是歷史上的一段姐弟戀。

　　一直獨身居住浣花溪的薛濤有托身相許之意，她作過一首詩《池上雙鳥》：「雙棲綠池上，朝暮共飛還；更忙將趨日，同心蓮葉間。」就表達了她追求真情摯愛，願與元積雙宿雙飛的願望。在來四川之前，元積的妻子剛剛去世，所以他也是單身一人。才子佳人是最好的歸屬，他們能在一起嗎？

　　然而，他們只是在成都悠遊數月，過了幾個月元積就回長安了。離別之時，薛濤寫下一首深情的《贈遠》詩：「知君未轉秦關騎，日照千門掩袖啼。閨閣不知戎馬事，月高還上望夫樓。」然而，這時候的元積沒有表

示要娶薛濤，但是也沒拒絕薛濤。

雖然天涯相隔，但是薛濤仍然苦苦等待。她不知道，後來元稹仕途起伏坎坷，但是他卻在元和六年（西元811年），也就是離開薛濤兩年後，在貶謫地湖北江陵納妾安仙嬪。

後來在元和十年（西元815年）續娶裴淑。長慶元年（西元821年），仕途達到最巔峰的元稹給薛濤寄了一首詩《寄贈薛濤》：「錦江滑膩蛾眉秀，化出文君與薛濤。言語巧偷鸚鵡舌，文章分得鳳凰毛。紛紛詞客皆停筆，個個君侯欲夢刀。別後相思隔煙水，菖蒲花發五雲高。」這看來，元稹似乎對於薛濤還戀著一份情，但是這時候的他也沒有說娶薛濤。

三年後，元稹在浙東任官，這時候他和薛濤已經十幾年沒見了。他本來想到蜀地去接薛濤，然而他卻猶豫著沒去，這是因為他遇到了另一個女人。

這個女人就是江南藝伎劉采春，元稹寫下了《贈劉采春》：「新妝巧樣畫雙蛾，謾裡常州透額羅。正面偷勻光滑笏，緩行輕踏破紋波。言辭雅措風流足，舉止低回秀媚多。更有惱人腸斷處，選詞能唱望夫歌。」可以

說元稹對於劉采春愛慕有加。那麼，薛濤愛上的是這樣一個薄情寡義的人嗎？

後來的研究者也有人不同意《雲溪友議》的說法，他們認為元稹和薛濤年齡有差異，而且他們的詩歌往來都是普通的唱和。那麼，這一段號稱文學史上的姐弟戀是後人的編纂嗎？

然而，從元稹的一生中，可以看見這位風流才子的習性，他習慣於和那些有才貌的女子相好，但是不能廝守。他的確對這些女人都有真情，但是卻無法和她們結合。

因為在唐代，門第是婚姻中的一個重要考慮。所以他會拋棄身分不明的崔鶯鶯，娶了太子少保韋夏卿的女兒韋叢，後來續娶的裴淑也是出自唐代的名門。

雖然薛濤詩名遠播，然而卻是妓女出身，若想嫁給元稹，這只是一廂情願的苦戀。後來的薛濤一直等候著元稹，獨身守護著浣花溪。在那裡她穿著女道服，自製「薛濤箋」──這是種用木芙蓉做的彩箋。她對元稹寄出了無限相思，卻沒等來佳音。

大和五年（西元831年），貶居武昌的元稹突然逝

世，第二年，薛濤也在成都香消玉殞。自此，兩個人相望了二十多年的愛情也去了另一個世界。

## 【話說歷史】

今天成都的望江樓公園，是明清文人紀念薛濤建造的。這裡有薛濤墓，還有一座似乎專為薛濤建築的望江樓。清代，一位江南才子寫下：「望江樓，望江流，望江樓上望江流，江樓千古，江流千古」的上聯，至今也沒有下聯。這就像薛濤的愛情，在江畔等候了一生，也沒等到元稹回來的身影。

# 大儒朱熹：
## 「納尼為妾」背後的事件真相

朱熹是南宋的一代大儒，他的陳朱理學思想一度在思想上史上佔據了主要地位。然而這樣一位曾任帝師、受世人推崇的大儒，卻被扣上了「納尼為妾」、「偽君子」、「假道學」的帽子，並在一片唾棄聲之中，含恨而終。

南宋寧宗慶元二年，爆發了有名的「慶元黨案」。朱熹就不幸地成為「慶元黨案」這場暴風雨的中心。這年十二月，監察御史沈繼祖彈劾朱熹，其中有「引尼姑二人以為寵妾，每之官則與之偕行」和「家婦不夫而孕」兩條罪狀。這兩條罪狀足以使朱老夫子的一世英名掃地。因為古人注重名節，甚至把名節看得比生命還重。

朱熹為老不尊，貪色好淫，引誘兩個尼姑作寵妾，出去做官時還帶在身邊招搖過市，甚至還被懷疑「翁媳

扒灰」，致使兒媳在丈夫死後還懷了身孕……在注重德行的社會中是為世人所不齒的。最足以致命的是，朱熹還承認自己的這些罪名，更讓世人們肯定了朱熹敗壞了道德綱紀。真相如何，不論是朱熹是為保性命而不得不妥協認罪，還是真有其事，朱熹認罪的事實成為他聲名狼藉、為後世攻訐為「偽君子」的主要原因。

　　朱熹把自己弄得如此狼狽，除了自己的原因以外，還有更重要的原因，就是政治鬥爭。

　　自古以來，政治舞臺都是一個殺人不見血的戰場。「慶元黨案」也無疑是一場殘酷的政治鬥爭。

　　朱熹曾透過宰相趙汝愚推薦，出任煥章閣侍制兼侍講，也就是皇帝的老師。此時朱熹已經65歲，但他性情過於耿直，喜歡倚老賣老，經常在講學的時候上書皇帝要「克己自新，遵守綱常」，甚至連續六次上本彈劾台州知府唐仲友貪贓枉法，因此而得罪了許多權貴。而朱熹仗著自己帝師的身分在皇帝耳邊喋喋不休，甚至指責皇帝的不是，皇帝也對朱熹極為不滿。

　　當時的朝廷由外戚韓冑和宰相趙汝愚共同把持。韓冑也一心想要扳倒趙汝愚，以達到自己獨斷朝綱的目

的。趙汝愚被韓侂胄視作眼中釘、肉中刺。於是韓侂胄決定以趙汝愚的摯友朱熹為突破點，透過設立「偽學」之說來打擊朱熹和趙汝愚。當宋寧宗看到這份奏摺之時，想到自己對朱熹的不滿，於是就很乾脆俐落地准了這份奏摺，趙汝愚遭謫永州，朱熹被彈劾。《宋史》記載，「十二月辛未。金完顏崇道來賀明年正旦。是月，監察御史沈繼祖彈劾朱熹，詔落熹秘閣修撰，罷宮觀。」宋寧宗還當朝宣佈道學為偽學，禁止傳播道學。趙汝愚和朱熹的眾多門生故吏也大難臨頭各自飛了。


## 【話說歷史】

朱熹因為此事名譽受損，沒幾年後就死去了，會有這樣的結局，他自己要付很大一部分責任。

# 名士美人：
# 唐伯虎從未點秋香

　　唐伯虎，又名唐寅，明朝人，此人博學多能、吟詩作畫樣樣皆通，自稱江南第一才子。

　　人們印象中唐伯虎妻妾成群，家財萬貫，少年風流，又有「唐伯虎點秋香」這樣美麗的傳說，那麼真實的唐伯虎是不是民間傳說的那樣呢？

　　唐伯虎出身商賈之家，其自幼聰明好學，唐伯虎的一生可謂命途多舛，在其20歲的時候父母、妻子、妹妹相繼去世，家道從此衰敗，幸得好友資助這才得以用心學習，皇天不負苦心人，在其29歲時參加鄉試以優異的成績中得鄉試一名(即解元)，民間有稱唐伯虎為唐解元就因此而來。

　　30歲赴京參加會試，命運又一次捉弄了唐伯虎，他無端因科考舞弊案牽連，而心灰意冷誓不踏入仕途。就在人生失意的時候，他的結髮妻子卻是個勢利之徒，眼

見唐伯虎前程無望，她便提出離婚，夫妻反目。

就在唐伯虎最絕望的時候，蘇州名妓沈九娘，她雖然來自煙花之地，但其渴望真愛，也仰慕唐伯虎的才氣，倆人相見恨晚，有情人終成眷屬，但天不遂人願，沈九娘也不久於人世，唐伯虎悲痛欲絕，發誓再不續弦。

「唐伯虎點秋香」這個故事最早出自明代王同軌的小說《耳談》，但是故事的主角不是唐伯虎而是蘇州才子陳元超，此人性格放蕩不羈，風流倜儻，無意中與秋香不期而遇，秋香對陳公子嫣然一笑，遂暗生情愫，就產生了陳元超點秋香的故事。

但是到了馮夢龍的手裡就成了人們熟悉的《唐解元一笑姻緣》。故事主角的變化，其實是有深刻的社會背景原因的。眾所皆知，唐伯虎生活在明朝經濟快速發展的時期，而蘇州剛好是各種經濟、文化彙聚地。

經濟基礎決定生活品質，經濟上的繁榮在文化就有相應的表現，當時的中下層知識份子有著強烈的叛逆，他們期望得到精神的自由，思想的反傳統，禮法的不拘束，他們更需要一個在精神上能給予他們嚮導的人，這

樣的人必須具備勇於叛逆的精神，而唐伯虎本身天然地具備這些特點，所以各種文藝作品都把一些不拘禮法、放浪形骸形象的藍本演繹成唐伯虎的故事。那人們再來關注秋香，歷史上卻有秋香其人，也是生活在明朝中期，但是她的年齡至少要比唐伯虎大20歲，這兩人之間要發生風流之事實難理解。

秋香是何許人也？秋香實名林奴兒，是金陵名妓。據明代《畫史》中記載：「秋香學畫於史廷直，王元父二人，筆最清潤。」

一個是當是才子，一個是江南名妓，如果兩人發生這麼一個點秋香的故事，那麼其爆炸性、影響力可見一斑。與秋香接觸過的另外一個人其實和唐伯虎也有一些關係，這個人就是唐伯虎的繪畫老師沈周，按年齡推算秋香和沈周這兩個人倒也相仿。

據《金陵瑣事》記載，秋香曾拜師過沈周學畫，有詩為證：臨江仙題林奴兒（即秋香）山水畫：「舞韻歌聲都折起，丹青留下芳名。」

這首詩其實也有曖昧成分，這首詩的意思是什麼呢？就是「前塵往事成雲煙消散在彼此眼前，就連說過

了再見也看不見我的哀怨。」


【話說歷史】

不管是小說筆下的陳元超變為唐伯虎還是馮夢龍的
《唐解元一笑姻緣》，都是人們期望透過唐伯虎這樣具
有反叛精神的青年來傳遞中下階層知識份子渴望自由、
追求個性解放、警示人們要為自己的理想而奮鬥，只有
這樣才能取得成功。

## 滿洲貴族曹寅：
# 曹雪芹祖父的密探身分

　　曹寅（1658～1712），也就是曹雪芹的祖父。生於順治十五年，曹寅的祖父是滿洲貴族。曹寅16歲的時候曾就做過康熙的御前侍衛，另外還有做過伴讀的說法，也就是說曹寅跟康熙從小一起長大，兩人一起經歷了康熙最為重要的少年時期，這也就是康熙極為信任曹寅的一個重要原因吧。

　　那麼曹寅給康熙做密探這樣的說法到底是否屬實？1704年，康熙曾給曹寅寫信：「倘有疑難之事，可以密折請旨。」1708，康熙兩次告訴曹寅密折奏報地方上的事務及財政。

　　曹寅現存的人們可以查閱的奏章最早是1697年12月，但是在這之前，他就已經向皇帝報告過了諸如江南的糧價、氣候等相關農業的情況了。但是曹寅真正承擔一些特殊職責的秘奏事宜應該始於1704年康熙給他的朱

批：「倘有疑難之事，可以密摺請旨。凡奏摺不可令
人寫，但有風聲，關係匪淺。小心，小心，小心，小
心。」

　　但是有人會說，這個朱批的時間大致為曹寅剛剛擔
任巡鹽御史期間，作為監察官專摺秘奏是其職責所在。
但是人們應該注意另一個細節，那就是就在當月，他從
京城到江寧的路線是康熙指定的，他還把一路所見所聞
寫成一個長長地奏摺報告給康熙。收到的回覆是：「知
道了，以後有聞地方細小之事，必具密摺來奏。」

　　從這時候開始曹寅的潛伏計畫，他收到的第一個關
於這個工作的教訓就是：密摺奏事，貴在神速。也許是
由於曹寅擔任了這項密探的職責，皇帝較之與以往的親
和不見了代之而來的是更加坦率地和曹寅談論各地方官
員。有一個例子或許更能真切地反映曹寅的這個潛伏的
身分或者密探的角色。關於退休江寧的大學士、戶部尚
書熊賜履。皇帝問起：「熊賜履近日如何？」曹寅的奏
章這樣寫道：「打聽得熊賜履在家，不曾遠出。其同城
各官有司往拜者，並不接見。近日他還和江寧的秀才們
一起看花作詩，已經印刷，市場上也有賣的。因我不和

他交往，不知道他的詳情。」

　　這一封密奏其實包含很多內容，比較詳細地回答了康熙想知道的關於熊賜履的一切活動，包括與地方官的接觸、日常的生活、活動等。從這件事上看的出來，曹寅的報告很敏銳、而且工作的專業性也日益提高。

　　在曹寅的一生中，作為皇帝密探的三年或許是他人生中最重要的三年，他與康熙一直保持著直接的聯繫。康熙很坦白地向他詢問諸如雨水、旱災、冰災，糧食收成，糧價；社情民意以及地方大小事務以及關乎國計民生的一些產業等問題，曹寅一一作答，在康熙統治時期，像曹寅這樣和皇帝屬於直接聯繫的人還很多，但這些人因為所負責的工作具高度機密性，這些人大都是極為尊貴而且大多是皇親國戚，例如康熙的大舅子李煦。

## 【話說歷史】

　　曹寅這項極為祕密的和皇帝保持某種聯繫，密奏各項事宜一直進行了大約20年，看的出曹氏家族與皇帝之間有著密切關係。

## 龔自珍：
# 風流文人與寡婦的是非

　　道光年間的北京城，一出緋聞案傳遍了大街小巷，緋聞的男主角就是寫下「落紅不是無情物，化作春泥更護花。」的清代著名詩人龔自珍。龔自珍為人正派，耿直，卻偏偏被牽扯進一椿桃色緋聞中，和一位寡婦傳出了是非。

　　這件事還需要從這椿緋聞案的女主角說起，也就是清代的一位女詞人顧太清。

　　顧太清，滿洲西林氏，跟隨蘇州的親戚生活。她從小聰明好學，寫的一手好文章，詩才更是了得。在顧太清正值妙齡時，恰巧遇到貝勒王奕繪南遊到蘇州，對她一見傾心，便納為側福晉。

　　嫁入豪門，也算是那時女人們都嚮往的生活了。顧太清也算是幸運的，只可惜幸福的日子沒過幾天，婚後九年，貝勒就身染重病，不到一個月便撒手人寰，留下

了顧太清和一雙兒女獨自留於世間。

　　成了寡婦的顧太清只想清淨度日，可是她不想惹麻煩，麻煩卻是自己找上了她的門。貝勒死後，她一直住在貝勒生前就有的那所宅院，京城西太平湖畔的王府裡，深居簡出，寫寫詩文度日。但杭州有一個風流文人陳文述，他編輯了一本詩集叫做《蘭因集》，搜集了一些閨秀詩文，為了抬高這本文集的等級，他讓自己的兒媳周雲林去央託表姐汪允莊，向閨秀文壇之首顧太清求一首詩，但顧太清實在無心去參與這些閒事，便拒絕了。這件事情讓陳文述一直耿耿於懷。後來，《蘭因集》發行後，顧太清居然裡面有署名的一首詩，顧太清覺得太荒唐，便寫了一首詩諷刺陳文述，這更讓陳文述記恨在心。但顧太清很快便忘記了這件小事，她一直與京城裡的文人雅士有著詩詞的交往，其中龔自珍就是其中之一。一年秋天，龔自珍寫下一首詩：

　　空山徒倚倦遊身，夢見城西閬苑春；

　　一騎傳箋朱邸晚，臨風遞與縞衣人。

　　詩後有句注釋：「憶宣武門內太平湖之丁香花」，太平湖距離貝勒府不遠處就有一片丁香樹，這首詩被陳

文述看到後，他認定龔自珍與顧太清有私情，於是他將二人的緋聞傳播開來，顧太清有口難辯，龔自珍也為了避嫌，離開了京城。這場緋聞，也被稱之為「丁香花公案」。顧太清因為這場緋聞，被奕繪的正室妙華夫人所生的兒子載鈞逐出了居所，無奈之下，只好帶著一雙兒女在西城租下幾所破房子，勉強度日。她曾寫下一首詩表述當時的日子艱難：

陋巷數椽屋，何異空谷情；
嗚嗚兒女啼，哀哀搖心旌。
幾欲殉泉下，此身不敢輕；
賤妾豈自惜，為君教兒成。

這首詩可以看出她當時生活的艱苦，但同時也能看出她內心的堅強，後來顧太清在清貧的生活中一直活到73歲。

## 【話說歷史】

時間證明，清者自清，中傷顧太清和龔自珍的陳文述卻只能是隱沒在歷史塵埃中，被人唾棄。

# 徐志摩：
# 美詩之中留下的謎團

　　徐志摩一生的感情生活和兩位女士是分不開的，一個是與之發生淡淡純情的林徽因，一個是曾經的嬌妻陸小曼，時光匆匆走過，只留下徐志摩孤獨的身影。

　　就連徐志摩的死也是和這兩位有千絲萬縷的聯繫。當時由於陸小曼在上海的揮霍無度，數次催促徐志摩回上海，兩人一見面就吵架，徐志摩負氣出走，為了趕上林徽因在北京做的關於中國古代建築的演講，他搭乘一架郵政機飛往北京，後因大霧影響飛機墜機，徐志摩不幸遇難，時間是1931年11月19日。

　　故事沒有就這麼結束，因為在這之前也就是1925年3月，徐志摩曾把一個小提箱交給了著名作家凌叔華，並說，如果哪一天我不幸去世，希望凌叔華給他寫一個傳記，並說箱子裡裝的就是寫傳記的素材。

　　那麼箱子裡到底裝的是什麼呢？人們從凌叔華寫給

胡適的一封信裡得到這樣的資訊：「箱裡的東西不能給陸小曼看，箱子裡有徐志摩的日記外加陸小曼的兩本日記。徐志摩的日記裡有當年和林徽因的戀情，陸小曼的日記內容卻以罵林徽因的居多，令她著實為難。」

徐志摩身後留有一個箱子的消息不脛而走，人們都對箱子裡的東西產生了極大地好奇心，尤其是這兩位女士，陸小曼因為想寫有關徐志摩日記集，所以急需得到第一手資料；而林徽因不想讓徐的日記公開，所以她比陸小曼更想得到這個箱子。

林徽因知道憑自己始終無法得到箱子，她便請胡適做中間人。胡適以要為徐志摩整理出書為藉口向凌叔華索要箱子，凌叔華想到自己也是受亡人所托，不能隨便將故人的東西轉贈他人，她便把徐志摩日記中一些涉及林徽因的部分私藏起來，其餘部分交給了胡適。並要求胡適把這些東西轉交給陸小曼，但是胡適並沒有這麼照辦，而是把箱子直接交給了林徽因。

林徽因如願得到箱子，但是她萬萬沒有想到徐志摩的日記只有半冊，她便把此事告訴胡適，胡適寫信告訴凌叔華，希望她把其餘部分也交給他，因為只有這樣才

不至於材料分散會導致研究不便，況且大家都藏一部分資料會使朋友們之間產生嫌隙。另外徐志摩還答應給凌叔華有關徐志摩日記的副本，在胡適的軟硬兼施下，凌叔華最終還是把這些資料給了胡適。

凌叔華最後得知自己上當受騙，就寫信給胡適，「我因聽說你把箱子已給林徽因，很是著急，裡面有小曼的日記，是非很多，但是已經這樣，就不必再說了。」

【話說歷史】

故事的主角相繼都去世了，但是徐志摩留給後人的這個箱子以及箱子裡的日記最終花落誰家，卻無從知曉，至今卻成了一個個無法解開的謎了。

# i-smart

## 智學堂
### 智慧是學習的殿堂

★ 親愛的讀者您好，感謝您購買 驚訝程度100%！ 你沒聽過的歷史真相！ 這本書！

為了提供您更好的服務品質，請務必填寫回函資料後寄回，
我們將贈送您一本好書（隨機選贈）及生日當月購書優惠，
您的意見與建議是我們不斷進步的目標，智學堂文化再一次
感謝您的支持！
想知道更多更即時的訊息，請搜尋"永續圖書粉絲團"

您也可以使用以下傳真電話或是掃描圖檔寄回本公司電子信箱，謝謝！

傳真電話：　　　　　　　　　　　電子信箱：

（02）8647-3660　　　　　　　　yungjiuh@ms45.hinet.net


姓名：＿＿＿＿＿＿＿ ○先生 ○小姐　生日：＿＿＿＿＿＿＿　電話：＿＿＿＿＿＿＿

地址：＿＿＿＿＿＿＿＿＿＿＿＿＿＿＿＿＿＿＿＿＿＿＿＿＿＿＿＿＿＿＿＿＿

E-mail：＿＿＿＿＿＿＿＿＿＿＿＿＿＿＿＿＿＿＿＿＿＿＿＿＿＿＿＿＿＿＿

購買地點（店名）：＿＿＿＿＿＿＿＿＿＿＿＿　購買金額：＿＿＿＿＿＿＿

職　　業：○學生　○大眾傳播　○自由業　○資訊業　○金融業　○服務業　○教職
　　　　　○軍警　○製造業　○公職　○其他＿＿＿＿＿＿＿＿＿＿＿＿＿＿＿

教育程度：○高中以下（含高中）　○大學、專科　○研究所以上

您對本書的意見：☆內容　　　　　　○符合期待　○普通　○尚改進　○不符合期待
　　　　　　　　☆排版　　　　　　○符合期待　○普通　○尚改進　○不符合期待
　　　　　　　　☆文字閱讀　　　　○符合期待　○普通　○尚改進　○不符合期待
　　　　　　　　☆封面設計　　　　○符合期待　○普通　○尚改進　○不符合期待
　　　　　　　　☆印刷品質　　　　○符合期待　○普通　○尚改進　○不符合期待

您的寶貴建議：

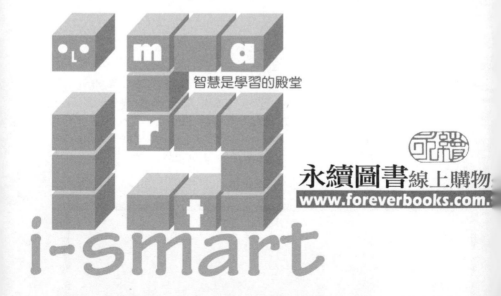